古典詩歌研究彙刊

第三十輯

龔鵬程 主編

第 8 冊

毛奇齡詩學研究（下）

滿 忠 訓 著

國家圖書館出版品預行編目資料

毛奇齡詩學研究（下）／滿忠訓 著 -- 初版 -- 新北市：花木
蘭文化事業有限公司，2021〔民 110〕
目 2+148 面；17×24 公分
（古典詩歌研究彙刊 第三十輯；第 8 冊）
ISBN 978-986-518-546-6（精裝）
1.（清）毛奇齡 2. 學術思想 3. 詩學 4. 詩評
820.9   110011272

ISBN-978-986-518-546-6

9 789865 185466

古典詩歌研究彙刊
第三十輯　第 八 冊
ISBN：978-986-518-546-6

毛奇齡詩學研究（下）

作　　者　滿忠訓
主　　編　龔鵬程
總 編 輯　杜潔祥
副總編輯　楊嘉樂
編　　輯　許郁翎、張雅淋、潘玟靜　美術編輯　陳逸婷
出　　版　花木蘭文化事業有限公司
發 行 人　高小娟
聯絡地址　235 新北市中和區中安街七二號十三樓
　　　　　電話：02-2923-1455／傳真：02-2923-1452
網　　址　http://www.huamulan.tw 信箱 service@huamulans.com
印　　刷　普羅文化出版廣告事業
初　　版　2021 年 9 月
全書字數　228938 字
定　　價　第三十輯共 8 冊（精裝）新台幣 15,000 元
　　　　　　　　　　　　　　　　　　　　　　　版權所有‧請勿翻印

毛奇齡詩學研究(下)

滿忠訓 著

目

次

下 冊

第四章 毛奇齡與明末清初
女性詩人群體

　　明末清初女性詩人群體崛起，與時代背景相關，與此時的名士大力獎掖與挹揚有關。探討這一時期名士與女性詩人群體的關係具有較為重要的意義，錢謙益、吳偉業、王士禛等都與女性詩人有過交往。毛奇齡作為文學家與經學家，是當時的名士，毛奇齡通過詩歌評點與唱和等方式與女性詩人群體進行溝通的。毛奇齡招收女弟子徐昭華，其範式及影響則是探討明末清初名士與女性詩人群體之間關係，不得不注意的另外一條線索。而在深層次的心態上，毛氏則抱持著一種同情與理解的態度，這在與女詩人王端淑的詩歌交往體現得最為明顯。

第一節　明末清初女性詩人群體興起的成因背景

　　由於傳統的理念和男性詩人話語權利的過於強大，女性詩人的創作歷來就沒有得到應有的重視。歷史上的女詩人如班婕妤、班昭、徐淑、蔡琰、謝道韞、李清照、朱淑真等創作的作品，或湮沒不聞，或成為男性詩人詩歌創作的點綴，或成為短命不祥的象徵。女性詩人創作主體地位根本沒有得到完全地彰顯，其詩歌創作往往在女詩人自覺或不自覺的意識之下，消解在詩歌發展歷史的洪流之中。詩歌歷史發展總是向前的，女性詩人的詩歌創作在明清兩朝呈現出多姿多彩的藝術

風貌，俞陛雲《清代閨秀詩話》云：「我國女學之興久矣。楊芬彤史，代有其人，清代尤閨英輩出。」〔註1〕尤其是在明清之際，由於時代氣運、家族詩書傳統的浸染、男性作家的挹揚等因素的作用，女性詩人展現出無與倫比的藝術創作力。這一時期女性詩人眾多，詩歌作品結集出版連綿不斷，女詩人之間及男性詩人之間倡和、評點之風氣滋長衍生，女詩人創作體裁多種多樣，所取得的藝術成就也較高。

我們探討明末清初女性詩學興起的成因，正如上文所示，從三個方面來討論這一問題：其一、時代氣運因素。明清之際，尤其是晚明開始的城市經濟的發展，隨之而來的文化事業也有了蓬勃興起之勢。這一時期女性詩人的作品得以廣泛傳播的一個重要的因素就是印刷業的發展，女性作家們能夠較為便捷地刊刻自己的詩作。其間就女性詩集的刊刻而言，有夫為妻刊刻者，有兄弟為姊妹刊刻者，有父為女刊刻者，有子為母刊刻者，有姑為嫂刊刻者〔註2〕。出版刊刻的便利為女性詩學的繁榮注入了活力與動力。對此，高彥頤曾說：「明末清初江南才女文化的發展，是隨著這一地區因城市化和商品化而增殖的財富，相輔相成的。婦女受教育、讀書、出版和旅行機會的不斷增加，都是這一才女文化增長的必要條件。」〔註3〕

另外一方面，由於晚明時期陽明心學與李贄的「童心說」的影響，程朱理學奉行的「女子無才便是德」的等思想受到嚴重的衝擊，這一時期的女性的社會地位得到一定程度上的提升，部分女性作家開始走出閨門，與其他女性詩人交遊題詠，品詩論文，與男性詩人亦頗多唱酬之作。黃媛介（媛介字皆令，浙江秀水人，楊世功之室，著有《越遊草》、《湖上草》、《南華館古文詩集》等）的文學交遊活動則是這一特徵的典型例證。《清代閨閣詩萃編》收錄、整理黃媛介詩、詞及其他相關文字

〔註1〕俞陛雲，清代閨秀詩話〔J〕，同聲月刊：1941，1（12）：25。
〔註2〕張雁，晚明女性文學作品的刊刻與出版〔M〕//張宏生、錢南秀編，中國文學‧傳統與現代的對話，上海：上海古籍出版社，2007：222。
〔註3〕（美）高彥頤（Dorothy Ko）著；李志生譯，閨塾師‧明末清初江南的才女文化〔M〕，南京：江蘇人民出版社，2005：21。

較為齊備，其詩集中《汪夫人招集湖舫即席和韻》、《七夕汪夫人湖舫宴集即席和韻》、《同谷虛修嫣湘君趙璧遊密園遇雨集韻牌》、《同祁夫人商媚生祁修嫣湘君張楚纕趙璧遊寓山分韻二首》、《乙未上元吳夫人紫霞招同王玉隱玉映趙東瑋陶固生諸社姊集浮翠軒遲祁修嫣張婉仙不至拈得元字》。媛介有詞集，其詞《長相思》，其下小注：春日黃夫人、沈閒靚招飲〔註4〕。其詞《眼兒媚》下有小注：謝別柳河東夫人〔註5〕。以上均為黃媛介與女性詩人交遊的文學作品。

　　媛介與梅市女詩人倡和之作有《梅市倡和詩抄》，胡文楷《歷代婦女著作考》著錄《梅市倡和詩鈔》，胡氏云：「順治十五年，皆令與梅市胡夫人祁修嫣等所倡和者，有毛奇齡跋。」〔註6〕胡氏所說應依據毛奇齡《梅市倡和詩抄稿書後》，毛奇齡云：「《梅市倡和詩抄稿》者，閨秀黃皆令女君所抄稿也。皆令自梅市還歸明湖，過予室人阿何於城東里居。其外人楊子命予選皆令詩，而別錄皆令與梅市所倡和者為一集，因有斯稿。蓋順治十五年也。既而李子兼汝已刻梅市倡和詩，復命予序，則此稿遂不取去，遺簏中久矣。康熙己酉，予暫還城東里居，偶揀廢簏，則斯稿在焉。距向遺此稿時，約若千年，皆令女君已亡于京師也。」〔註7〕《梅市倡和詩抄》已亡佚不存。《黃媛介詩集》中還有與男性詩人有詩歌交往，如《為李太虛先生賦閬園詩和吳梅村太史韻》、《為新城王阮亭寫山水小幅題詩》、《黃媛介和吳梅村四首》等。錢謙益、吳偉業、王士禎、毛奇齡等男性詩人都與黃媛介有交往。《歷代婦女著作考》引《玉鏡陽秋》：「近日閨媛，以文翰與當世相應酬者〔註8〕」當然，黃

〔註4〕（清）黃媛介著；杜珣、李雷輯校，黃媛介集〔M〕//李雷主編，清代閨閣詩萃編1，北京：中華書局，2015：48。

〔註5〕（清）黃媛介著；杜珣、李雷輯校，黃媛介集〔M〕//李雷主編，清代閨閣詩萃編1，北京：中華書局，2015：48。

〔註6〕胡文楷編著，歷代婦女著作考〔M〕，上海：上海古籍出版社，1985：664。

〔註7〕（清）毛奇齡，毛西河先生全集·書後〔M〕，清嘉慶陸凝瑞堂刊本。

〔註8〕胡文楷編著，歷代婦女著作考〔M〕，上海：上海古籍出版社，1985：663～664。

媛介交往層面較廣也和她本人經歷及時代因素有關。

　　時代氣運當然還包括易代之變對於明士人的心態的影響。清人入關所造成的影響是巨大的，明朝士大夫對於時世的劇變，刻骨銘心者有之，沉淪頹廢者有之，殺身成仁者有之，苟活偷安者有之，賣主求榮者有之，企圖恢復者有之。而所謂遺民詩群的出現正是易代之變所衍化而成的，「遺民詩群是詩史上的一種複合群體，是特定時代急劇的政治風雲激漩盤轉中聚匯而成的詩群形態。」〔註9〕時代的悲愴氛圍自然也會影響到女性作家，明末清初的女性作家的作品「脂粉氣」當然也有，但時代的慷慨悲歌也顯然影響到了她們，她們創作了大量的號絕泣血、悲哀切至的詩歌作品。

　　試看商景蘭（商景蘭（1605～1680），字媚生，浙江紹興人，明吏部尚書商周祚之女，祁彪佳之妻，著有《錦囊集》一卷）的詩歌，我們就明顯感覺到這一點。商景蘭《五十自敘》：「鳳凰不得偶，孤鸞久無色。連理一以分，清池難比翼。不見日月頹，山河皆改易。如彼斷絲機，終歲不成匹。」〔註10〕山河改易，夫君沉沙，時代的悲劇氛圍始終籠罩商景蘭，是她永遠無以釋懷。其丈夫為祁彪佳（祁彪佳（1602～1645），字虎子，一字幼文，浙江紹興人），明弘光元年（1645），清軍破南京城時，任蘇松總督的祁彪佳懷沙於杭寓山花園蓮花池，自殺殉國。商景蘭在《琴樓遺稿序》中回憶起這段往事時說：「余七十二歲，嫠婦也，瀕死者數矣。乙酉歲，中丞公殉節，余不敢從死，以兒女子皆幼也。」〔註11〕商景蘭對於未能跟隨祁彪佳從容赴死耿耿於懷，其內心殊多感慨繫之，只能把這一腔幽怨寄託在翰墨之中了，《未焚集序》云：「夫自先忠敏公棄世以來，恃子若女相依膝下，或對雪聯吟，或看花索句，聊藉風

〔註 9〕嚴迪昌著，清詩史・上〔M〕，杭州：浙江古籍出版社，2002：61。

〔註10〕（清）商景蘭著；李雷點校，商景蘭集〔M〕//李雷主編，清代閨閣詩萃編1，北京：中華書局，2015：14。

〔註11〕（清）商景蘭著；李雷點校，商景蘭集〔M〕//李雷主編，清代閨閣詩萃編1，北京：中華書局，2015：24。

雅，以卒桑榆。」〔註12〕而商景蘭的詩就是號絕泣血之典型：如：「當時同調人何處，今夕傷懷淚獨傾。」（《過河渚登幻隱樓哭夫子》）如：「遊賞池臺，滄桑頃刻風雲換。中宵茄角惱人腸，泣向庭闈遠。」（《燭影搖紅詠雛堂憶舊》）如：「舊苑荒涼地，重來倍有情。」（《寓園》）再如：「公自成千古，吾猶戀一生。君臣原大節，兒女亦人情。折檻生前事，遺碑死後名。存亡雖異路，貞白本相成。」（《悼亡》）。陳維崧《婦人集》冒褒注引魏耕之語：「撫軍居恒有謝太傅風，其夫人能行其教。故玉樹金閨，無不能詠。當世題目賢媛，以夫人為冠。」〔註 13〕商景蘭的詩歌所反映的時代風貌較廣，體裁也較一般的閨秀詩人較多。商景蘭對於往事的追憶，滄桑巨變，閨房獨吟。時間與空間的隔絕成了詩歌生發醞釀的起點，家國之興喪，個體之哀樂，成了詩歌作品的主要內容與體貌。

時代的風氣還使一些女作家詩歌創作風格產生了某種「變異」，尤其是在一些「邊塞詩」、「邊塞詞」的創作上，女性作家一反柔媚婉約的形態，有一種「雄直」的風格。如毛奇齡的女弟子徐昭華（昭華字伊璧，號蘭癡，又名楓溪女史，浙江上虞人，徐咸清、商景徽之女，著有《徐都講詩集》一卷〔註14〕）的詩歌特點，沈德潛在《清詩別裁集》中云：

〔註12〕　（清）商景蘭著；李雷點校，商景蘭集〔M〕//李雷主編，清代閨閣詩萃編 1，北京：中華書局，2015：25。

〔註13〕　（清）陳維崧撰；（清）冒褒注；（清）王士祿評；王英志校點，婦人集〔M〕//王英志主編，清代閨秀詩話叢刊 1，南京：鳳凰出版社，2010：18～19。

〔註14〕　徐昭華的著作，據胡文楷《歷代婦女著作考》，《徐都講詩集》一卷，《清史稿‧藝文志》、《上虞縣志》著錄（見）；《花間集》，《上虞縣志》著錄（未見）；《鳳凰於飛樓集》一卷，《上虞縣志》著錄（未見）。在《鳳凰於飛樓集》條目下，胡氏引《上虞縣志‧藝文志》：昭華所著《花間集》，板已毀。其《都講詩》附刻毛西河集，無單行本。咸豐年間，楓橋駱啟泰輯為是卷，與何九娘、胡石蘭詩合刻，總題曰《浣香閣遺稿》。（胡文楷編著《歷代婦女著作考》（增訂本），上海古籍出版社 1985年版，頁 473）。案：《徐都講詩集》附於毛奇齡《西河合集》後，毛氏以為「附予雜文後，存出藍之意」。（《毛西河先生選集》之《徐都講

「昭華為毛西河太史學詩女弟，詩附毛集中以傳，毛極推揚之。然綽約
有餘，未盡離鉛粉之習。」〔註15〕但徐昭華也有《塞上曲》之類的作
品，並未有沈氏所說的「脂粉氣」。《塞上曲》其一云：「朔風吹雪滿刀
鐶，萬里從戎何日還？誰念沙場征戰苦？將軍今又度陰山。」〔註16〕
陳維崧對此評價云：「閨中人作雄詞，墮小說家女俠習氣。獨昭華《塞
上曲》沈情超筆，漢世樂章，忘其為唐山作也。吳寶崖亦競稱數詩為龍
標絕調。」〔註17〕女性詩人生活閱歷往往較為單純，足跡不逾閨閫，
讓其作「雄詞」已是勉為其難，況昭華邊塞詩沉情豪放，一似唐人絕
調。陸以湉《冷廬雜識》對此云：「（昭華《塞上曲》）感慨豪宕，出自
閨閣，洵非易及。」〔註18〕就其邊塞詩在近代較為罕見，尤其是閨閣
詩人之中的邊塞詩，《清詩紀事》引俞陛雲《清代閨秀詩話》云：「唐時
歲苦邊患，故唐人多邊塞詩。近代詩中則稀有，閨媛詩集，尤罕見之。」
〔註19〕

　　　詩》）胡氏所說《浣香閣遺稿》為駱啟泰咸豐年間所輯。現存世的版本
　　　有清道光二十七年（1847年）楓溪省三書屋刻本，哈佛大學明清婦女
　　　著作數據庫收錄此書。另外蕭亞楠主編《清代閨秀集叢刊》也收錄了
　　　《浣香閣遺稿》，其版本題為「清道光二十七年（1847年）活字本」，
　　　與清代婦女著作數據庫所著錄的版本應屬同一版本。我們在上海圖書
　　　館檢索到稿本《傳是齋詩集》。此稿本載有徐咸清、商徽音（商景徽）、
　　　徐昭華的詩，其中昭華詩大部分漫漶不清，不易辨識。但此稿本卻具
　　　有較高的文獻價值，稿本的封面留有殘缺的幾個字，「暨女徐□□□
　　　抄」，內頁的第一面也留有殘缺的幾個字「仲山公徐諱」。從稿本的整
　　　體情況來看，個別詩句的字還有當時改動的痕跡，此稿本應該是徐昭
　　　華的家庭詩作的抄稿本，是傳是齋家庭集體創作的原始結晶，是我們
　　　瞭解清代家庭詩歌創作生動具體的文本。
〔註15〕（清）沈德潛編，清詩別裁集・下〔M〕，北京：中華書局，1975：569。
〔註16〕（清）徐昭華著；杜珣輯校，徐昭華集〔M〕//李雷主編，清代閨閣詩
　　　萃編2，北京：中華書局，2015：653。
〔註17〕（清）徐昭華著；杜珣輯校，徐昭華集〔M〕//李雷主編，清代閨閣詩
　　　萃編2，北京：中華書局，2015：653。
〔註18〕（清）陸以湉，冷廬雜識〔M〕，北京：中華書局，1984：252。
〔註19〕錢仲聯主編，清詩紀事・22・列女、釋道、鬼詩、夢詩、民歌、謠諺
　　　卷〔M〕，南京：江蘇古籍出版社，1989：15695。

毛奇齡有詩《飲馬城邊曲》其一：「燕臺北望薊城山，飲馬城邊驅馬還。前度錦車休出塞，將軍近在草橋關。」其二云：「城邊飲馬莫辭遲，將採燕山二月花。日在陣前誰見敵，薊門關外盡風沙。」〔註20〕昭華邊塞詩是否有意模仿其師邊塞詩的風格韻調，亦未可知。

其二，家族詩書傳統的浸染。家族作為中國傳統社會結構中一極，起著極為重要的作用。傳統的官宦階層與文化士族都把門第家族作為標榜聲氣的重要條件，而詩書傳統與家族傳承兩者又緊密相連。當然，家族的傳承、詩書的延續往往與家族的男性有關，但在一定條件下，女性也會在這種家族結構中受到詩書的薰陶與洗禮，「尤其在政治動亂的年代裏，私家藏書和家庭教育成為「道」的絕續攸關的避難所，這時有學識的女人便起了極為關鍵的作用。當家族中的男子盡數死亡或是被誅戮淨盡時，女性負責向下一代傳播珍貴的家學」〔註21〕。

山陰祁氏家族便是最明顯的例證。藏書家祁承㸁為祁彪佳之父，其澹生堂藏書甚巨，「萬曆四十八年（一六二○）編就《澹生堂藏書目》。此後陸續增補，著錄圖籍六千七百餘種，不下八萬五千卷，與四明范氏天一閣藏書足相頡頏（參閱嚴倚帆《祁承㸁及澹生堂藏書研究》，漢美圖書公司，一九九一）」〔註22〕。毛奇齡在《存心堂藏書序》中云：「吾郡藏書推梅市祁中丞家……故錢宗伯曰：『言書府則禾中項氏、梁谿顧氏、山陰祁氏、白門黃氏。』」〔註23〕毛奇齡有七言古詩《飲祁中丞東書樓同張四梯張五杉姜十七廷梧蔡五十一仲光觀祁五理孫藏畫書事并呈祁禮部豸佳姜別駕軨》一首云：「清江細雨暗遙郭，浮雲杳靄居

〔註20〕　（清）毛奇齡，毛西河先生全集・七言絕句・卷二〔M〕，清嘉慶陸凝瑞堂刊本。

〔註21〕　（美）曼素恩（Susan Mann）著；定宜莊，顏宜葳譯，綴珍錄・十八世紀及其前後的中國婦女〔M〕，南京：江蘇人民出版社，2005：113。

〔註22〕　（明）祁承㸁撰；鄭誠整理；吳格審定，澹生堂讀書記・整理說明〔M〕，上海：上海古籍出版社，2015：

〔註23〕　（清）毛奇齡，毛西河先生全集・序・卷一〔M〕，清嘉慶陸凝瑞堂刊本。

上頭。銀缾美酒瀉行客，招我東壁藏書樓。樓頭遍插李侯架，玉軸金籤滿前絍。嘗餘幛子寫丹青，更見屏開舊圖畫。」〔註24〕鄴侯插架，金籤滿絍正是形容藏書之富的專名詞，而祁彪佳對於包括父親在內的藏書呵護備至，甚至專門購置場地存放這些圖書，「平陽即平原也，相傳其地在平水之北，以水北曰陽，故名平陽，越王句踐嘗都之。明崇禎間，山陰祁中丞購之為別業，而藏書其中。其後中丞殉國難，山賊據為寨，別業頓毀。」〔註25〕雖祁氏所藏之書在易代之變中大多散亡，但祁氏家族的文化命脈便是在這種薪火相傳的詩書傳統中得以延續。

黃運泰、毛奇齡《越郡詩選例》云：「梅市一門，甲於海內，忠敏擅太傅之聲，夫人孕京陵之德。閨中顧婦，博學高才；庭下謝家，尋章摘句。楚纕、趙璧，援婦誡以著書；卞容、湘君，樂諸兄之同硯。固將軼大家之漢史，駕伏女而傳經。」〔註26〕雖言之不無溢美之辭，但也能反映出詩書文化在祁氏家族中重要地位。祁彪佳與商景蘭育有三女兩男，子為祁理孫（字奕慶，號杏庵）、祁班孫（字奕喜，小字奕郎），女為祁德茝（字湘君，著有《寄雲草》）、祁德瓊（字昭華，號修嫣，又號卞客，著有《未焚集》）、祁德淵（字發英）、兒媳為張德蕙（字楚纕，理孫之妻）、朱德容（字趙璧，班孫之妻）。祁氏一門大多博學多才，不廢吟詠。

而在祁彪佳懷沙後，傳承家學的重任落在了女主人商景蘭的身上，商景蘭對於女兒與兒媳有著絕大的影響，時年七十二歲的商景蘭說：「未亡人不幸至此，且老，烏能文，又烏能以文文人耶！但平生性喜柔翰，長婦張氏德蕙、次婦朱氏德蓉、女修嫣、湘君，又俱解讀書，每於女紅之餘，或拈題分韻，推敲風雅；或尚遡古昔，論衡當世。」

〔註24〕（清）毛奇齡，毛西河先生全集・七言古詩・卷二〔M〕，清嘉慶陸凝瑞堂刊本。

〔註25〕（清）毛奇齡，重修平陽寺大殿募疏序〔M〕//（清）毛西河先生全集・序・十六，清嘉慶陸凝瑞堂刊本。

〔註26〕（清）黃運泰；（清）毛奇齡，越郡詩選選例〔M〕//（清）黃運泰；（清）毛奇齡，越郡詩選，上海圖書館藏清刻本。

〔註27〕商景蘭對於蕉園七子之一的張昊推崇備至：「槎雲之才之美，槎雲之孝之純，汝輩其勉之。」〔註28〕商景蘭希望女兒和兒媳要向槎雲學習，其才其德都是效法的對象。高彥頤在《閨塾師：明末清初江南的才女》中將女性詩社分為三類：家居式、社交式和公眾。在說到「家居式」時說：「『家居式』社團是最不正規的，它出現於飯後母親或婆婆與其他女性親屬聚在一起談論文學或當她們於花園散步吟作詩歌之時。因所有婦女都是由親屬關係紐帶聯結在一起的，並且她們的文學活動也是在日常生活中進行，所以這種結社是『家庭式』的。」〔註29〕祁氏家族女性詩人就是這樣的一個「家居式」的團體，她們討論範圍往往侷限在隔絕人事的閨門之內，「子理孫、班孫以國事被禍，張氏、朱氏苦節數十年，未嘗一出屏寧間，里人謂出姑氏之教云」〔註30〕。

對此，毛奇齡在《越郡詩選》卷二，對祁德茝《怨詩》評曰：「梅市閨秀為吾郡冠，忠敏公以大節自見，闔門內外，悉隔絕人事，以咏吟寄志。侍妾家婢無不能詩，真盛事也。商夫人詩逼盛唐，與子婦楚纕、趙璧，女卞容、湘君輩講究格律，居然名家。嘗見奕喜云：『近方共究選古，然已能彷彿惠連，道韞非其比。』伯調曾有詩云：『箕子國中許小妹，錦官城內王夫人。』風流曠代，不相接筆陣，一門驚有神，以方王許，似猶過之。」〔註31〕梅市祁氏一門才華橫溢，博學多才，其詩歌創作切磋不斷，詩藝水平較高。商夫人詩逼盛唐，家庭女詩人的創作講求格律，其才學與漢之班昭、晉之謝道韞等相提並論。

祁氏女性詩人群體不僅詩才出眾，而且在詩歌寫作中展示一定的

〔註27〕（清）商景蘭著；李雷點校，商景蘭集〔M〕//李雷主編，清代閨閣詩萃編1，北京：中華書局，2015：24。

〔註28〕（清）商景蘭著；李雷點校，商景蘭集〔M〕//李雷主編，清代閨閣詩萃編1，北京：中華書局，2015：24。

〔註29〕高彥頤，閨塾師：明末清初江南的才女〔M〕，南京：江蘇人民出版社，2005：17。

〔註30〕（清）徐鼒，小腆紀傳〔M〕，北京：中華書局，1958：687。

〔註31〕（清）黃運泰；（清）毛奇齡，越郡詩選·卷二〔M〕，上海圖書館藏清刻本。

學識素養。《西河詩話》載:「閨秀朱趙璧《憶夫祁六戍塞》詩有云:『曼華不落雁書稀。』考《盛京風土記》云:『盛京饒桃、柳、梨、杏、芍藥、雞冠菊、蜀葵、蓼、茉莉、蕃雞冠。』『曼華』,即茉莉番名。《占侯》云:『紫茉莉因風吹落,雁皆南飛。』」〔註 32〕毛奇齡晚年肆力於經學,精於考證,而《西河詩話》當成書於毛奇齡晚年,在這裡毛氏發揮了考證的功力,卻從另外一個側面反映了朱德蓉等女性詩人的詩歌作品具有一定學識素養。

此外,家學的傳承也會出現變動的因素,時代的動亂是一個重要因素,而女性詩人出嫁所帶來家學傳承的異動也是一個必須考慮的因素。徐雁平在《清代世家與文學傳承》中說:「家學的傳承,世代之間相對穩定,但並非一成不變。文學女性出嫁,促進家教與夫君家的家教匯合,形成家學生生不息的推動力量。」〔註 33〕商景蘭與商景徽(字嗣音,著有《詠雛堂詩草》)同為商周祚(字明兼,號等軒,浙江會稽人)之女,商景蘭適祁彪佳,而商景徽適徐咸清(字仲山,浙江上虞人)。商景蘭在祁氏女性詩人群體的地位與作用自不待言,而商景徽自幼習詩,嫁與徐咸清之後,「乃就故居稽山門,辟寢前廣庭,構以藥欄,設長筵當中,發故所藏書散�之,而對坐縱觀。暇則抽牘各為詩,如是有年」〔註 34〕。在毛奇齡看來徐昭華與祁德茝兩人分別繼承商景蘭和商景徽的衣缽:「子東、女昭華,皆有才名。越中閨秀舊稱伯、仲商夫人,其後伯商夫人女有祁湘君者,繼夫人起;而仲商夫人,則昭華繼之。既而昭華名藉甚,過於湘君。」〔註 35〕家學在女性加入新家庭之後得以傳揚,毛奇齡對於這一點予以肯定,雖昭華的聲譽有超過湘君

〔註 32〕 (清)毛奇齡,西河詩話〔M〕//張寅彭主編,清詩話三編·2,上海:上海古籍出版社,2015:827。

〔註 33〕 徐雁平著,清代世家與文學傳承〔M〕,北京:生活·讀書·新知三聯書店,2012:65。

〔註 34〕 (清)毛奇齡,徵士徐君墓碑銘〔M〕//毛西河先生全集·墓碑銘·二,清嘉慶陸凝瑞堂刊本。

〔註 35〕 (清)毛奇齡,徵士徐君墓碑銘〔M〕//毛西河先生全集·墓碑銘·二,清嘉慶陸凝瑞堂刊本。

的趨勢。從廣義上講，家學的傳承並不僅限於詩學傳統，往往還包含著文化與信仰的傳承。祁彪佳與商景蘭之女祁德淵適餘姚姜廷梧（字桐音，浙江餘姚人），「（姜桐音）娶郡祁氏，名戣英，明巡撫蘇松殉難贈太傅兵部尚書、諡忠敏祁公長女，賢有文章，每與君倡和。或君遠遊，則必詒詩相問訊」〔註36〕。廷梧「權禍下獄，得釋，尋病卒。德淵痛之，自課諸子，縞素十六年。時我國家大定，諸子願出就試，許之。」〔註37〕祁德淵在姜廷梧去世後，三年服喪畢，卻堅持不易服，以示對廷梧的紀念。德淵自課其子，在廷梧去世十六年之後，長子姜兆熊登科。德淵才在毛奇齡的反覆勸說之下，改易了服飾。家學的傳承在男性遭受苦難而逝去之後，女性的堅韌與決絕在時代的變動中顯得尤為重要，「夫進不罹尤，退不修服，君子之過也」〔註38〕。傳統社會對於男性士大夫，有著社會的規範與要求，同樣女性也要在社會動盪時期擔負著沉甸甸的擔子。

　　其三，男性作家的挹揚。女性作家的作品出自深閨，其詩不易傳的原因有以下幾個方面：一是占主導的男性詩人對於女性詩人的態度，袁枚曾這樣說：「第目論者動謂詩文非女子所宜，殊不知《易》卦『兌』為少女，而聖人繫曰：『朋友講習』；『離』為中女，而聖人繫曰：『重明以麗乎正』。其他《三百篇》《葛覃》、《卷耳》，誰非女子之作？迂腐穴阬之見，誠不然也。」〔註39〕袁枚以經典文本《易經》、《詩經》來反駁對女性詩人和作品持輕視態度的迂腐短見之士，當然從反過來看，當時男性詩人對女性詩人的輕視的現象比比皆是，不足為怪。

　　二是沉重的家庭生活負擔抑制了女性詩人的創作，生活在世家大

〔註36〕（清）毛奇齡，姜桐音墓誌銘〔M〕//毛西河先生全集·墓誌銘·一，清嘉慶陸凝瑞堂刊本。

〔註37〕（清）徐鼒，小腆紀傳〔M〕，北京：中華書局，1958：687。

〔註38〕（清）毛奇齡，祁夫人易服記〔M〕//（清）毛奇齡，毛西河先生全集·牌記·八，清嘉慶陸凝瑞堂刊本。

〔註39〕（清）袁枚撰；王英志編纂校點，袁枚閨秀詩話〔M〕//王英志主編，清代閨秀詩話叢刊·1，南京：鳳凰出版社，2010：149。

族的女性生活負擔較少，詩歌創作相對輕鬆。而大多數生活在普通家庭甚至貧困線以下的女性背負著沉重的生活負擔，毛奇齡對此云：「閨中傳詩，自《三百》始。顧《三百》多采藍、伐肆、執爨、弋鷹之婦，而其後班、蔡、鮑、謝，下及管、李，非名門巨閥，傳詩頗鮮。蓋閭閻夫婦，操作不暇，何暇與之言文章之事哉。」〔註40〕袁枚也說：「第恐針黹之餘，不暇弄筆墨，而又無人唱和而表章之，則淹沒而不宣者多矣。」〔註41〕

三是女性作家對於自己作品的態度往往是其作品「不宣」的重要原因。毛奇齡向徐昭華索要商景徽的詩歌作品，昭華覆書道：「自老父亡後，家間筆研盡棄，老母并所存詩稿亦付鑪火……老母已有誓不作一字，門不敢違命，且感寫經事，勉作一首，知荒疏已久，必得都講改篡後始發去也。」〔註42〕

商景徽是因徐咸清去世之後的悲傷而對創作詩歌心存荒疏之心，與此不同的是，大多數的女性詩人卻是因為「自身抑制」而產生對於詩歌作品另外一種看法。據徐雁平《清代世家與文學傳承》：「女性文學才能的被抑制，還可從一特別的視角來考察。檢胡文楷《歷代婦女著作考》所附書名索引，以『繡餘』與『詩稿』、『詩草』、『詩鈔』、『吟』、『吟草』、『小草』等命名的作品集有 129 種（其中只有 1 種為明代）；張宏生等增訂部分中又有 14 種……眾多作品同名的同根與近似，是狹小的女性文學空間的整體呈現。」〔註43〕女性詩人或把詩歌作為作為生活苦難的喃喃絮語，或把詩歌作為回憶往事的陳年舊夢，或者把詩歌作為個性壓抑的集中發洩，或者把詩歌作為連接外部世界的唯一橋

〔註40〕（清）毛奇齡，徐昭華詩集序〔M〕//毛西河先生全集·序·十四，清嘉慶陸凝瑞堂刊本。

〔註41〕（清）袁枚撰；王英志編纂校點，袁枚閨秀詩話〔M〕//王英志主編，清代閨秀詩話叢刊·1，南京：鳳凰出版社，2010：110。

〔註42〕（清）毛奇齡，西河詩話〔M〕//張寅彭主編，清詩話三編·2，上海：上海古籍出版社，2015：861～862。

〔註43〕徐雁平著，清代世家與文學傳承〔M〕，北京：生活·讀書·新知三聯書店，2012：51～52。

槃。而「閨秀能詩，率多薄命，大概風華雄渾者鮮，故偶吟竟成詩讖者，往往有之」〔註44〕，袁枚也承認：「然余閱世久，每見女子有才者不祥，兼貌者更不祥，有才貌者而所適與相當者尤大不祥。纖纖（金逸，字纖纖，袁枚女弟子）兼此三不祥，而欲其久居人世也不亦難乎！」〔註45〕寫詩作詞竟成為籠罩在女性詩人頭上難以散去的不祥氛氳，可想而知女性詩人對於詩歌作品的「抑制」是多麼強烈了，即使有所創作也藏著深閨之中，大多數作品就這樣被「焚餘」了。

　　要之，女性詩人的詩歌作品要想跨越門閭，散播於朝野的詩壇之上，是如此的艱難困阻。這樣就需要有男性詩人為之挹揚，不僅與之平等交往，酬唱往復，點評揄揚，而且還要以平等之人格對於女性詩人的詩歌作品予以一定的體認。明清之際的男性文人如錢謙益、吳偉業、陳維崧、王士禛、毛奇齡等人對於女性詩人群體予以特別的關注，對於她們的詩歌作品予以點評，對於女性詩人的生平遭遇予以深切的關懷，對於她們才與德等問題進行了熱烈的討論，他們甚至把女性詩人的作品放入男性主導的詩學傳統裏加以評價，所謂詩教的「溫柔敦厚」的評價並不是僅僅侷限於男性作家的身上。通過男性作家的挹揚，女性作家的作品為眾人所知，其詩歌創作則光明正大地被讀者接受，所謂「不祥」的標籤往往被撕掉。從一定程度上，這也有力促進了明末清初女性詩人詩歌創作的繁榮。

　　錢謙益與黃媛介的交往就是一個例證。據陳寅恪《柳如是別傳》考證：「牧齋《黃皆令集序》作於崇禎十六年癸未九月，正河東君病起之時……則皆令之遊虞山，居絳雲樓，當在崇禎十六年冬或稍後，亦恐是第壹次至牧齋家也。」〔註46〕陳寅恪引黃媛介兩首謝柳如是

〔註44〕（清）雷瑨、（清）雷瑊，閨秀詩話〔M〕//王英志主編，清代閨秀詩話叢刊·2〔M〕，南京：鳳凰出版社，2010：903。

〔註45〕（清）袁枚撰；王英志編纂校點，袁枚閨秀詩話〔M〕//王英志主編，清代閨秀詩話叢刊·1，南京：鳳凰出版社，2010：149。

〔註46〕陳寅恪著，陳寅恪集·柳如是別傳〔M〕，北京：生活·讀書·新知三聯書店，2015：494。

的詞作，特別第二首《前調》下闋云：「月兒殘了又重明，後會豈如今」兩句，陳寅恪對此云：「月殘復明，可能是媛介以月缺之時，來訪河東君，月明之後乃始別去。然頗疑皆令此語別有深意。此詞作於何年，今不易考。若作於乙酉以後，則當謂後會之時，明室復興，不似今日作詞之際，朱明之禹貢堯封僅餘海隅邊徼之殘山賸水……後之讀皆令詩詞者，當益悲其所抱國家民族之思，不獨個人身世之感矣。」〔註47〕黃媛介與柳、錢交往密切，柳如是認為王微（草衣道人）的詩近於俠，黃媛介的詩近於僧。而牧齋先是不以為然，俠與僧皆非女子本色，但再三吟詠黃媛介之詩後，錢氏則認為：「再三諷咏，淒然詘然，如霜林之落葉，如午夜之清梵，豈非白蓮、南嶽之遺響乎？河東之言僧者信矣。」〔註48〕絳雲樓新成，柳如是曾邀黃媛介前來，所謂「硯匣筆床，清琴柔翰。挹西山之翠微，坐東山之畫障。丹鉛粉繪，篇什流傳。中吳閨閫，侈為盛事。」〔註49〕媛介寓秦樓，錢謙益見媛介新詩，大加揄揚：「骨格老蒼，意節頓挫。雲山一角，落筆清遠，皆視昔有加，而其窮亦日甚……皆令雖窮，清詞麗句，點染殘山剩水間，固未為不幸也。」〔註50〕錢謙益作為明末清初詩壇的盟主，其對黃媛介詩作的評價具有相當廣泛的影響。媛介雖有微近風塵之嫌，牧齋《姚叔祥過明發堂共論近代詞人戲作絕句十六首》其十一云：「不服丈夫勝婦人，昭容一語是天真，王微楊宛為詞客，肯與鍾譚作後塵？」〔註51〕陳寅恪認為牧齋作此十六首絕句時並未見媛介詩，

〔註47〕陳寅恪著，陳寅恪集·柳如是別傳〔M〕，北京：生活·讀書·新知三聯書店，2015：490～491。

〔註48〕（清）錢謙益著；（清）錢曾箋注，錢仲聯標校，牧齋初學集·中〔M〕，上海：上海古籍出版社，2009：967。

〔註49〕（清）錢謙益，贈黃皆令序〔M〕//（清）錢謙益著；（清）錢曾箋注；錢仲聯標校，牧齋有學集·中，上海：上海古籍出版社，1996：863。

〔註50〕（清）錢謙益，贈黃皆令序〔M〕//（清）錢謙益著；（清）錢曾箋注；錢仲聯標校，牧齋有學集·中，上海：上海古籍出版社，1996：863。

〔註51〕（清）錢謙益著；（清）錢曾箋注，錢仲聯標校，牧齋初學集·上〔M〕，上海：上海古籍出版社，2009：606。

也不識其人〔註52〕。但我們認為即使這樣，所謂「不服丈夫勝婦人」，用於評價黃媛介的詩也是恰如其分的。牧齋的評價顯然提升了女性詩人的地位，在以男性為主導的詩壇上為女性詩人找到了一席之地。

吳梅村與黃媛介也有交往，對於錢謙益、柳如是與黃媛介的關係，吳梅村云：「媛介後客於虞山柳夫人絳雲樓中，樓燬於火；東澗亦牢落，嘗為媛介詩序，有今昔之感。」〔註53〕吳梅村並引媛介和自己的詩歌：「月移明鏡照新妝，閨閣清吟已雁行。花裏雙雙巢翡翠，池中六六列鴛鴦。黃粱熟後遲仙夢，白雪傳來促和章。一自蓬飛求避地，詩成何處寄蕭娘……此詩（黃媛介和詩）出後，屬和者甚眾，妝點閨閣，過於綺靡。黃觀只獨為詩非之，以為媛介德勝於貌，有阿承醜女之名，何得言過其實？此言最為雅正。」〔註54〕所謂「德勝於貌」，劉向《古列女傳》：「梁鴻妻者，右扶風梁伯淳之妻，同郡孟氏之女，其姿貌甚醜而德行甚修，鄉里多求者，而女輒不肯行。」〔註55〕德行與容貌聯繫在一起本身沒有必然性，而貌醜和美德也沒有必然關係，劉向卻把這種極端的例子展示出來，其目的仍是突出孟光美好的德行，當然無可厚非。阿承為諸葛亮之妻，相傳非常具有才華，而長得也非常醜陋，於是人們也把有才華女性和貌醜也聯繫起來。於是有黃觀只「媛介德勝於貌，有阿承醜女之名」的議論，無非強調多才而貌醜。而諸人和詩卻有意迴避這一事實，有意妝點閨閣，卻不符合事實，是言過其實的。吳梅村同意黃觀只的觀點，強調黃媛介的多才，無須迴避貌醜的事實。梅村實際上也是提升黃媛介的詩人地位，更強調才氣的重要性。吳偉業還有《題鴛湖閨詠》，應為黃媛介而作。

〔註52〕陳寅恪著，陳寅恪集・柳如是別傳〔M〕，北京：生活・讀書・新知三聯書店，2015：493～494。

〔註53〕（清）吳偉業，梅村詩話〔M〕//（清）王夫之等撰，清詩話・上，上海：上海古籍出版社，1963：74。

〔註54〕（清）吳偉業，梅村詩話〔M〕//（清）王夫之等撰，清詩話・上，上海：上海古籍出版社，1963：75。

〔註55〕（漢）劉向，古列女傳・卷八〔M〕，四部叢刊景明本。

第二節 評點與唱和——毛奇齡與女詩人交往方式

關於評點這一文學批評形式，黃霖在《中國文學的評點與匯評》中說：「評點是一種富有中國特色的文學批評樣式，其主要特徵是在正文邊或天頭上有評語或點圈。」〔註56〕當然我們討論毛奇齡對女詩人的評點，採取的是偏重於「在正文邊的評語」，也包括在毛奇齡著作中相關序跋、詩話、詩詞作品中的評語，我們取其更為廣泛的意義。此外，並不包含點圈之類的形式。毛奇齡對於女詩人或詩作的評價主要集中在《越郡詩選》、《西河合集》、《西河詩話》、《浣香閣遺稿》等著作中。

毛奇齡對於女性詩人的點評起於具體起於何時？毛奇齡在《祁夫人易服記》中云：「予少至東書堂，時夫人從母商夫人學詩，而以予通家子，每出諸閨中詩屬予點定，以故每讀夫人詩，而為之賞之。其後與先生倡和，更名《靜好集》者是也。今商夫人已即世，東書堂已毀。當時所點定詩已俱散失，《靜好集》已殉棺去。」〔註57〕東書堂為祁氏讀書之地。商夫人景蘭出諸女媳之詩，請毛奇齡予以點定，毛氏對於商夫人之詩予以肯定。由此可見，毛奇齡評點祁氏閨秀詩當在其早年。值得注意的是，毛奇齡在《越郡詩選》所選祁氏家族女性的詩作及評語僅是一小部分，而毛奇齡在東書堂所點評的詩作當是點評的主要部分，只可惜當時已散佚。

毛奇齡在《徐都講詩》之前的序言中對此更為詳細地講到：「予弱冠時過梅市東書堂（即祁中敏公宅），忠敏夫人出己詩與子婦張楚纕（奕慶配）、朱趙璧（奕喜配）、女湘君四人詩，合作編摘，請予點定，競致蜜餌、餳粳、牛潼、蠏醢諸甘食，連日饜飫。迄今三十年，四人詩已流播海內。」〔註58〕古人20歲男子行弱冠禮，按照毛奇齡的生平，

〔註56〕黃霖主編，文學評點論稿〔M〕，南京：鳳凰出版社，2017：1。

〔註57〕（清）毛奇齡，祁夫人易服記〔M〕//毛西河先生全集·牌記·八，清嘉慶陸凝瑞堂刊本。

〔註58〕（清）徐昭華著；杜珣輯校，徐昭華集〔M〕//李雷主編，清代閨閣詩華編2，北京：中華書局，2015：649。

此時應為 1642 年（壬午）左右，明大廈將傾之際。而毛奇齡與黃運泰
編選的《越郡詩選》也當成書於鼎革之際，祁鴻孫《越郡詩選序》云：
「猶憶午未之交，讀書寓園。其時國是麻分，聯床增泫，春花秋露，嘉
月暄風，莫不危膝哀吟，掩眶投筆。雖或蘭渚讌會，新亭賦詩，竝皆慷
慨徒歌，風流寂莫。十年以來，而黃子開平、毛子大可以昭明之識、河
嶽之才，乃汎除積習，慨然撰類。」〔註59〕由此得知《越郡詩選》的大
致時間，應當在明清鼎革之際，而《越郡詩選》當是毛奇齡選錄並評點
女詩人詩作的詩歌選本載體。

　　毛奇齡大概從幾個方面對女詩人進行評點：其一，從詩歌作品的
價值上體認上，承認女性詩人的詩作有相當的價值，有存世和傳世的
價值。女性詩作有些方面甚至能夠超越男性詩人之詩作。一方面，毛奇
齡承認女性詩人詩作的價值，甚至認為有傳世的價值，在於藝術作品
之「工」足以傳世。徐昭華是毛奇齡招收的女弟子，被稱為「徐都講」，
《西河合集》附錄《徐都講詩》一卷，上文已提到前有毛奇齡的序言，
昭華每有詩成，便郵寄給奇齡，請其點評增益。毛奇齡便把昭華所寄之
詩附在《西河合集》之後，所謂「陸續得詩如干首，留其帙不忍毀去，
遂附予雜文後，存出藍之意」〔註60〕。不忍毀去，就是因為其有存世
和傳世的價值，即所謂「《團扇》一詩，千古不蔑，則非閨秀詩之易傳，
而閨詩而工者之能傳也。昭華亦勉為其能傳者而已矣。」〔註61〕《團
扇》詩為班婕妤所作，至今流傳，就是因為其人立言有則，秉心貞正，
因而詩作雅切工整，流傳既久。毛奇齡認為昭華之詩也會像班婕妤一
樣，其詩必傳世。毛奇齡為其詩被刪削感到可惜，「陽羨陳檢討曾就予
假此本去，刪如干首，錢塘吳君寶崖復刪之，故予所存遂寡。如其全

〔註59〕（清）祁鴻孫，越郡詩選序，〔M〕//（清）黃運泰；（清）毛奇齡，越
郡詩選，上海圖書館藏清刻本。
〔註60〕（清）徐昭華著；杜珣輯校，徐昭華集〔M〕//李雷主編，清代閨閣詩
萃編 2，北京：中華書局，2015：649。
〔註61〕（清）徐昭華著；杜珣輯校，徐昭華集〔M〕//李雷主編，清代閨閣詩
萃編 2，北京：中華書局，2015：661～662。

詩，則都講自有集，非是帙所能備焉」〔註62〕。徐昭華詩集中有陳維崧和吳寶崖的評價，其所據文本部分來自於毛奇齡則是有可能的。

從另外一方面來看，在家族詩學傳承中，昭華及其詩作價值的存在昭示著詩學傳承的血脈與精神並未中斷，這一點則是值得欣慰的，毛氏云：「且自忠敏公夫人亡後，其家並膇寂，不復事此矣，閨中詩其不易傳如此。其後繼起，則昭華與商氏雲衣（即太君之侄）極稱振作。而雲衣又亡，惟昭華魯靈光巋然獨存。」〔註63〕毛奇齡在《徵士徐君墓誌銘》中云：「（徐咸清）子東、女昭華，皆有才名。越中閨秀舊稱伯、仲商夫人，其後伯商夫人女有祁湘君者，繼夫人起；而仲商夫人，則昭華繼之。既而昭華名藉甚，過於湘君。」〔註64〕昭華與湘君相比，更能承繼商景徽所遺留的文學世家傳統，毛奇齡再一次把聚光燈照在了昭華的身上。

而昭華的詩作在男性詩人面前毫不遜色，毛奇齡把昭華的詩與其男弟子相較，所謂「予門攻詩者，推盛唐、王錫，然俱不及昭華，以稍解唐人法外意也。」〔註65〕盛唐字元白，浙江山陰人，著有《茗柯齋詩集》。《兩浙輶軒錄》引《西河合集》：「元白以經生之才，偶然吟詠。即能仿古今雜體，鉛槧之際，卷帙成焉。」〔註66〕王錫，字百朋，浙江仁和人，著有《嘯竹堂集》等。《兩浙輶軒錄》引朱彭之言：「百朋詩歌純正，頗近唐人，昔為毛西河太史所賞。又有集句詩，竹垞謂天造地設，自然渾成。平生寡交遊，歿後數十年，遂無人言及之。」

〔註62〕（清）徐昭華著；杜珣輯校，徐昭華集〔M〕//李雷主編，清代閨閣詩萃編2，北京：中華書局，2015：649。

〔註63〕（清）徐昭華著；杜珣輯校，徐昭華集〔M〕//李雷主編，清代閨閣詩萃編2，北京：中華書局，2015：649。

〔註64〕（清）毛奇齡，徵士徐君墓碑銘·墓碑銘·卷二〔M〕//毛西河先生全集，清嘉慶陸凝瑞堂刊本。

〔註65〕（清）毛奇齡，西河詩話〔M〕//張寅彭主編，清詩話三編·2，上海：上海古籍出版社，2015：861

〔註66〕（清）阮元，楊秉初輯；夏勇整理，浙江文叢·兩浙輶軒錄·第3冊·卷9～12〔M〕，杭州：浙江古籍出版社，2012：663。

〔註67〕由此可知兩人皆能詩，雖百朋詩「頗近唐人」，但與徐昭華相比，仍未得唐人三昧。

不惟門下男弟子如此，其他男性詩人與昭華詩相比也有不及之處。昭華有《擬劉孝標妹贈夫詩》二首，毛奇齡云：「陳檢討初讀此詩，歎為奇絕，即欲擬和一首，屢屢撤筆。千古佳人，能倒却一時才士乃爾。」〔註68〕陳檢討當是陳維崧，陳氏為詩人、詞人、駢文家，尤其是詞作，堪稱清初詞壇第一，可稱得上「一時才士」。但陳維崧要擬和昭華《擬劉孝標妹贈夫詩》，卻難以下筆。毛氏此言雖不無溢美，但也顯示了昭華的才氣逼人，不遑多讓。昭華曾作十景之詩，一時和者雲集，皆不如昭華。毛奇齡云：「青末閣，昭華所居，傍東城稽山，門築重屋，瞰山甚近，因作十景詩。一曰《郭外青山》，時和者數十人，皆不能及。昭華工詩處，每駕出時賢若此。」〔註69〕想必和者多為男性作家，卻無法與昭華一爭高下。昭華有如此超雋之才，必有異人之緣由。

其二，毛奇齡從女性詩人詩作的審美特徵出發，認為女詩人風格特徵與體制具有鮮明的特徵。對於祁氏家族女性的評價明顯體現這一點。《越郡詩選》有一個讓人注意的地方就是裏面收錄的女性詩人，這些女性詩人及詩作大多經過毛奇齡的點評，因而《越郡詩選》對於研究明末清初男性詩人視閾下女性詩學有著特別的價值。值得注意的是，毛奇齡的批評視角對準地域女性詩人，對於梅市家庭女性詩人予以特別的關注與表彰。據統計，《越郡詩選》收錄的女詩人詩歌作品：卷之二附祁德茝古樂府一首。卷之三附朱德蓉，祁德茝五言古詩各一首。卷之四附王端淑七言古詩兩首。卷之五附商夫人、朱德蓉五言律詩各兩首。張德蕙、祁德茝五言律詩三首、丁啟光五言律詩一首。卷之六附商

〔註67〕　（清）阮元，楊秉初輯；夏勇整理，浙江文叢‧兩浙輶軒錄‧第3冊‧卷9～12〔M〕，杭州：浙江古籍出版社，2012：730。

〔註68〕　（清）徐昭華著；杜珣輯校，徐昭華集〔M〕//李雷主編，清代閨閣詩萃編2，北京：中華書局，2015：655。

〔註69〕　（清）徐昭華著；杜珣輯校，徐昭華集〔M〕//李雷主編，清代閨閣詩萃編2，北京：中華書局，2015：655。

夫人、張德蕙、朱德蓉、祁德茝七言律詩各一首。王端淑七言律詩四
首。卷七附祁德茝、無名女子五言絕句各一首，張德蕙、朱氏女五言絕
句各兩首，王端淑六言絕句一首。卷之八附朱德蓉、祁德茝七言絕句各
三首，商夫人、張德蕙七言絕句各兩首，祁修嫣、朱氏女七言絕句各一
首。除了王端淑、丁啟光、朱氏女、無名女子之外，基本上都是祁氏家
族女性詩人。

這些女性詩人創作詩歌體裁多樣，完全和男性詩人相媲美。毛奇
齡在評價女性詩人時往往從詩歌格調特徵出發，就是從詩歌的體制格
調方面加以評述，如祁德茝《賦得紉針脆故絲》：「齊素紈以純，蜀錦爛
而白。殷勤付象床，紛紛亂容色。阿閣發針管，平軒理刀尺。躊躇量短
長，比較分縷繶。或宜於巾組，或宜於帕絳……願言勿懷新，故絲杳難
得。」〔註70〕毛奇齡評曰：「簡文句本自刻畫，此更逐節刻畫出之，體
物溜亮，無過此詩。」又曰：「結歸正雅，是古法。」〔註71〕陸機《文
賦》：「詩緣情而綺靡，賦體物而瀏亮。」〔註72〕瀏亮就是顏色鮮明、
清晰之意，就是要求辭賦之體要在描摹事物時要如見其物，鮮明生動。
毛奇齡用「體物溜亮」這個詞也應指祁德茝《賦得紉針脆故絲》在事物
刻畫方面做到了鮮明生動，這是寫作方法的得體，而最終該詩也具備
了一種「正雅」的古法。

其實，「講究格律」也是祁德茝追求「古法」一種方式。《越郡詩
選》卷二選錄祁德茝古樂府詩《怨詩》：「嗟我父兮音容違，妾薄命兮誰
見知。泰山頹兮家式微，遭訕挫兮道所宜。坐蘭房兮腸欲裂，飛螢墜地
兮遞明滅。空懸復斗兮雙淚垂，燎桑薪兮滯哀悲」〔註73〕。詩歌的音

〔註70〕（清）黃運泰、（清）毛奇齡，越郡詩選・卷三〔M〕，上海圖書館藏
　　　　清刻本。
〔註71〕（清）黃運泰、（清）毛奇齡，越郡詩選・卷三〔M〕，上海圖書館藏
　　　　清刻本。
〔註72〕（西晉）陸機，陸士衡文集，卷一賦一〔M〕，清嘉慶宛委別藏本。
〔註73〕（清）黃運泰、（清）毛奇齡，越郡詩選・卷二〔M〕，上海圖書館藏
　　　　清刻本。

韻由於「兮」字的加入而產生的一種頓挫感，適合表達嗚咽不能自勝的情感。另詩歌韻腳規則而富有變化，也是講求格律的一種表現。毛奇齡點評：「商夫人詩逼盛唐，與子婦楚纕、趙璧，女卞容、湘君輩講究格律，居然名家。嘗見奕喜（祁班孫字）云：近方共究選古，然已能彷彿惠連，道蘊非其比。」〔註74〕古體樂府即使是男性詩人也難以駕馭的，「講究格律」更是難上加難，更不要說祁德茝之古樂府已與謝惠連之作相媲美，謝道韞則無法與之相提並論。

毛奇齡還用「雅飭」一詞形容女詩人的詩作，此是對女詩人詩作風格的一種典雅不俗的整體性評價，朱德蓉《寄長瓊》：「別思滿秋風，懷人月影中。籬花含露濕，岸葉帶霜紅。孤雁書應至，雙鳧路未通。候蟲清夜細，惆悵與誰同。」〔註75〕毛奇齡評價為「總是雅飭」〔註76〕。祁德茝有絕句云：「白石搖水波，清枝落花片。欲打黃栗留，葉深不可見。」〔註77〕毛奇齡評價為：「綽有古意。」〔註78〕可以這樣說，毛奇齡在評價祁氏詩人群的詩歌時，傾向於「古體」與「古意」兩個方面，強調女性詩人的詩體風格淵源有自，雅致得體。

而對入門弟子徐昭華的評價則是強調另外的一種「雅正」，其筆力深健，擅長眾體，顯然比祁氏女性詩人更進一步。昭華有詩《為老父召試搗藥寄京》：「江北望迢迢，丹成寄去遙。長安冰已凍，仙掌露堪調。」〔註79〕毛奇齡評曰：「諸體并精，各類悉贍，豈非天才？」

〔註74〕（清）黃運泰、（清）毛奇齡，越郡詩選・卷二〔M〕，上海圖書館藏清刻本。

〔註75〕（清）黃運泰、（清）毛奇齡，越郡詩選・卷六〔M〕，上海圖書館藏清刻本。

〔註76〕（清）黃運泰、（清）毛奇齡，越郡詩選・卷五〔M〕，上海圖書館藏清刻本。

〔註77〕（清）黃運泰、（清）毛奇齡，越郡詩選・卷七〔M〕，上海圖書館藏清刻本。

〔註78〕（清）黃運泰、（清）毛奇齡，越郡詩選・卷七〔M〕，上海圖書館藏清刻本。

〔註79〕（清）徐昭華著；杜珣輯校，徐昭華集〔M〕//李雷主編，清代閨閣詩萃編2，北京：中華書局，2015：654。

〔註 80〕昭華有詩《賦得拈花如自生》:「明珠照翠鈿，美玉映紅妝。步移搖彩色，風回散寶光。蛛絲髻上繞，蝶影鬢邊翔。誰道金玉色，皆疑桃李香。」〔註81〕毛奇齡評曰:「氣體、字句、意調，無一不入六朝之髓。不意閨中便能到此。目為庾鮑後身，誰曰不然？」〔註82〕「諸體皆精」是對一個女詩人較高的評價，昭華詩有六朝詩歌的影子，甚至得了六朝詩的精髓。毛奇齡在這裡氣體、字句、意調三個維度來點評昭華之詩，所謂「氣體」中的「氣」是中國古代文學批評史中重要的概念，無論曹丕的「文以氣為主，氣之清濁有體，不可力強而致」〔註83〕，還是劉勰的「情之含風，猶形之包氣」〔註84〕，都是在強調詩歌文章中蘊含著的一種特別的力量，一種氣韻生動、風格遒俊的外在表徵。而「氣」與「體」的結合，則是強調詩歌歸屬於某一體裁或某一時代所特有的一種風貌特徵，毛奇齡這裡強調「氣體」，實際上是強調昭華詩與六朝詩體的情深妍麗、風華情致的風貌特徵相吻合。而強調「字句」則屬於詩歌作品的表層特徵，六朝詩聲律漸成，其字句自然有對偶精切、詞語流麗的特點，雖不可避免纖弱綺靡、芊綿蕩逸之弊病，但其主要的風格特徵卻是詩學發展史上不可或缺的一環。昭華的《賦得拈花如自生》「對偶精切、詞語流麗」，符合六朝詩的字句的特徵。而「意調」則是強調意脈格調，這是從詩歌內在特徵加以概括。要之，昭華詩不僅外在表徵符合六朝詩體真意，而且其內在意脈也得六朝體之真傳。毛奇齡的評價三個維度，真切概括了昭華六朝詩的風格特徵，是另外一種雅正。昭華詩有審美的三個維度，從而形成了「下筆都利，如遙林秀

〔註 80〕（清）徐昭華著；杜珣輯校，徐昭華集〔M〕//李雷主編，清代閨閣詩萃編 2，北京：中華書局，2015：654。

〔註 81〕（清）徐昭華著；杜珣輯校，徐昭華集〔M〕//李雷主編，清代閨閣詩萃編 2，北京：中華書局，2015：655。

〔註 82〕（清）徐昭華著；杜珣輯校，徐昭華集〔M〕//李雷主編，清代閨閣詩萃編 2，北京：中華書局，2015：655。

〔註 83〕魏宏燦校注，曹丕集校注〔M〕，合肥：安徽大學出版社，2009：313。

〔註 84〕（南朝梁）劉勰，文心雕龍·卷六·四部叢刊景明嘉靖刊本。

樹，使人彌不能却」〔註85〕的整體審美風貌。

其三，毛奇齡從女性詩人詩作的情感特徵出發，強調女性詩歌的具有感情細膩和真情實感的特點。朱德蓉有七言律詩《上巳》：「桃花新水漲春衣，舊日蘭亭到亦稀。斷岸雨觴晴日暖，遠山橫笛暮雲飛。沙棠舟落江鷗起，玳瑁梁空海燕歸。尚有采蘩思未足，不堪月色上羅幃。」毛奇齡云：「浩落有勝情。」〔註86〕商景蘭五言律詩《哭父》有詩：「南雲烽火暗，喬木世家殘。國恥臣心在，親恩子報難。衣冠留想像，幾枝啟崔蘭。倚徙空庭立，愁看星落繁。」〔註87〕毛奇齡評云：「祛華務實，自然高貴。」〔註88〕毛奇齡在這裡強調感情抒發自然樸實，不落繁華，感染力自然生發。女詩人詩歌所蘊含的濃烈的情感給予毛奇齡情感上的觸動。昭華有《讀西河先生〈瀨中集〉作》其一：「臙脂花落覆紅甎，獸頸初垂火自含。坐對西河才子句，渾如清月照澄潭。」其二：「少小曾觀白日詞，蘆中人去竟如斯。溧陽浣女空相殉，悔不先吟《瀨上》詩。」〔註89〕毛奇齡讀畢後云：「此昭華未師予時所作，至今讀二詩猶墮淚不已。」〔註90〕

按照西方接受美學的觀點，讀者對作品的反應不能嚴格固定在一個點上，而閱讀的快樂也就在其不被固定的活動性和創造性（伊塞爾的觀點）。每個讀者對於具體的文本也有理解不同的地方。商彩，字雲衣，浙江山陰人，著有《散花吟》、《花間集》、《綠窗草》等。她讀

〔註85〕（清）徐昭華著；杜珣輯校，徐昭華集〔M〕//李雷主編，清代閨閣詩萃編2，北京：中華書局，2015：654。

〔註86〕（清）黃運泰、（清）毛奇齡，越郡詩選·卷六〔M〕，上海圖書館藏清刻本。

〔註87〕（清）黃運泰、（清）毛奇齡，越郡詩選·卷五〔M〕，上海圖書館藏清刻本。

〔註88〕（清）黃運泰、（清）毛奇齡，越郡詩選·卷五〔M〕，上海圖書館藏清刻本。

〔註89〕（清）徐昭華著；杜珣輯校，徐昭華集〔M〕//李雷主編，清代閨閣詩萃編2，北京：中華書局，2015：650。

〔註90〕（清）徐昭華著；杜珣輯校，徐昭華集〔M〕//李雷主編，清代閨閣詩萃編2，北京：中華書局，2015：650。

了毛奇齡的詞作云：「讀初晴近詞，每使人不怡。」〔註91〕這種「不怡」應該不是一種不快，而是其詞纏綿悱惻，哀豔動人之情感特質使她「不怡」，所謂「李丹壑嘗謂初晴詞極豔，而情甚悱惻，古所稱哀豔二字，初晴有之。」〔註92〕而同為讀者的徐昭華，曾向其父徐咸清說：「吾讀唐後詩，不怡於心，獨是詩者惝然若有會，吾思以學之，而不知其為何如人也？」〔註93〕昭華讀毛奇齡詩「惝然若有所會」，其閱讀經驗和審美體驗得到了一次昇華，其實也有一種深層次的情感體驗，應是毛奇齡詩歌在情感和審美上打動了昭華，因而昭華產生了拜師學習的衝動。

而作為讀者的毛奇齡，其關注點就在於昭華詩中憐才與惜才的感情維度所以才會「至今讀二詩猶墮淚不已」。毛奇齡早年遭遇坎坷曲折，偃蹇淪落，遍走天涯，而昭華作為異性詩人對於其詩作的肯定，顯然會引起毛氏的強烈的情感共鳴。毛奇齡作詩予以回應：「秋霜如雪裹冰蠶，石闕高時口重含。不道美人居洛水，能憐才子在昭潭。」〔註94〕又云：「欲唱回波未有詞，鹽車無復騁雞斯。若非道蘊真才女，若個能吟中散詩？」〔註95〕「美人」昭華日常家居，「才子」毛奇齡流離於道路，在不同的空間，毛氏何嘗想到昭華會寫出那樣憐才的詩句，假若不是昭華像謝道韞那樣的蘭質蕙心，是很難對毛氏詩句欣賞不已的。身兼讀者和作者的兩重角色，昭華能夠用詩體來表達內心細膩的情感。毛奇齡也用詩體來回應，何嘗不是一種用點評的方式來與女詩人溝通的方式？博爾都有《題閨秀徐昭華〈鳳凰千飛樓詩集〉》其一云：「樂府新翻絕妙聲，豐神婉約最傷情。春來無限閒花鳥，盡向

〔註91〕（清）毛奇齡，毛西河先生全集·填詞五〔M〕，清嘉慶陸凝瑞堂刊本。

〔註92〕（清）毛奇齡，毛西河先生全集·填詞五〔M〕，清嘉慶陸凝瑞堂刊本。

〔註93〕（清）毛奇齡，傳是齋受業記〔M〕//毛西河先生全集·碑記·三，清嘉慶陸凝瑞堂刊本。

〔註94〕（清）徐昭華著；杜珣輯校，徐昭華集〔M〕//李雷主編，清代閨閣詩萃編2，北京：中華書局，2015：650～651。

〔註95〕（清）徐昭華著；杜珣輯校，徐昭華集〔M〕//李雷主編，清代閨閣詩萃編2，北京：中華書局，2015：651。

深閨筆底生。」〔註96〕所謂「豐神婉約最傷情」，關注重點仍是女性詩人的情感性特徵，這與毛奇齡的看法是一致的。

值得一提的是女詩人王端淑的情況：王端淑，字玉映，號映然子，又名青蕪子，著有《玉映堂集》、《吟紅集》、《留篋集》等。毛奇齡《閨秀王玉映留篋集序》中提到王端淑，「予選越詩時登玉映作，且群起詬厲，在有辭說。」〔註97〕毛奇齡所謂「群起詬厲」，尚不知眾人出於何種動機？我們這裡有幾個疑問，「群體詬厲」之人還是懷著「女子無才便是德」的「社會契約」，認為不應主動點評、收錄女詩人的著作？是否還有其他動因？毛奇齡是否因為「群起詬厲」才放棄登選王端淑的詩作？毛奇齡本人曾說：「曩者姓選越詩，未延閨秀。」〔註98〕上圖本《越郡詩選》卻登選了王端淑的詩歌，那麼選輯《越郡詩選》是不是就是毛奇齡所說的「選越詩」？假若是，《越郡詩選》據黃運泰說「染版不絕」，是不是因為版本前後的不同造成的差異？

而「詬厲」毛奇齡的不光這些人，還有王端淑本人。查為仁《蓮坡詩話》云：「毛西河選浙江閨秀詩，獨遺山陰王氏。王氏有女名端淑，寄西河詩結句云：『王嬙不是無顏色，怎奈毛君下筆何！』引用二姓恰和。」〔註99〕。王端淑寄給毛奇齡的詩句暗用毛延壽和王昭君的典故，而姓氏正好相合。而王端淑用詩來與毛奇齡溝通，對自己詩歌作品有相當的自信，因而有被毛氏遺漏的遺憾。毛奇齡通過點評女詩人的活動，擴大了女詩人的知名度，使女詩人跨越門閨，由深閨走進社會公眾視野，當然王端淑是樂見的。《西河詩話》卷一載：「王玉映有乞予作序一詩，最佳，在《留篋集》中。又一首乞予選定其詩者，落句云：『慎

〔註96〕　（清）博爾都，問亭詩集‧白燕樓詩草‧卷六〔M〕，清康熙三十五年刻本。

〔註97〕　（清）毛奇齡，閨秀王玉映留篋集序，〔M〕//毛西河先生全集‧序‧卷七，清嘉慶陸凝瑞堂刊本。

〔註98〕　（清）毛奇齡，祁湘君催妝，〔M〕//毛西河先生全集‧七言律詩‧卷二，清嘉慶陸凝瑞堂刊本。

〔註99〕　（清）王夫之等撰；丁福保輯錄，清詩話〔M〕，北京：中華書局，1963：492。

持千載筆，切勿怨雲鬟』。亦最佳。然集中不知何故，竟無此詩。」〔註100〕王端淑寄希望毛奇齡對其詩的選定予以公正評價，勿因為其是女性詩人而放寬評價標準。王端淑用詩歌的形式來與毛奇齡進行溝通，引起毛奇齡的注意。高彥頤對此這樣說：「丁聖肇還滿足於做與黃媛介丈夫同樣的中間人角色，以提升妻子的聲望和作品。如以她的名義，他拜訪了著名的詩人毛奇齡，讓他看了端淑詩集的手稿，並請求他為出版的本子寫一個序。」〔註101〕王端淑有《病中乞詩序》：「高閣倚春雲，闌干蕩日曛。扶床臨寶鏡，結珮掩湘裙。書史年來盡，聲名身後分。願將鄙俚句，不朽藉君文。」〔註102〕毛奇齡所說王玉映乞詩序之詩，也許就是這首選在《名媛詩緯初編》的詩。端淑所謂「書史年來盡，聲名身後分」，實際上還是擔憂身後名分，而乞毛氏詩序也是提高自己聲望的一種方式。當然其中也有謙辭，但藉由男性作家提高自己影響力的嘗試則是毋庸置疑的。

　　毛奇齡《閨秀王玉映留篋集序》對於王端淑乞序有說明：「今渡江已久，丁君且攜玉映詩示予為序。夫玉映固季重先生之女，而丁君非他，其尊人文忠公所稱以詞官而死于魏監，非耶？文忠為東林祭尊，復能見概節，其于王、謝兩家，正復無憾。而丁君以三衢法曹，所在乞食，而玉映且不得復為隱幔之懂，於人意何如也。《吟紅集》詩文多激切，而《留篋》反之，《留篋》獨有詩，然其詩已及劉禹錫、韓翃，閨秀莫及焉。《留篋》者，予為之名也。」〔註103〕在此序中，毛奇齡對於王端淑詩歌的風格有所區別地點評，所謂「激切」與「平實」兩種風格，其詩歌與唐男性詩人相媲美。而序文最後，毛奇齡為這「平實」風格的詩

〔註100〕（清）毛奇齡，西河詩話〔M〕//張寅彭主編，清詩話三編·2，上海：上海古籍出版社，2015：776。

〔註101〕（美）高彥頤（Dorothy Ko）著；李志生譯，閨塾師·明末清初江南的才女文化〔M〕，南京：江蘇人民出版社，2005：145。

〔註102〕（清）王端淑，病中乞詩序〔M〕//王端淑，名媛詩緯初編·卷四十二·後集下，哈佛燕京圖書館藏清康熙六年（1667）清音堂刻本。

〔註103〕（清）毛奇齡，閨秀王玉映留篋集序，〔M〕//毛西河先生全集·序·卷七，清嘉慶陸凝瑞堂刊本。

集取了《留篋》之名。

　　總之，毛奇齡通過點評女性詩人的活動，有效地實現了與女性詩人的溝通，更為女性詩人走向社會公眾視野提供了相當大的幫助。簡而言之，毛奇齡在提高女性詩人的話語權方面做了一定的努力，通過評點女詩人的詩歌作品，並賦予這些作品與男性詩人作品相媲美的極高評價，而這些評價為研究清初的女性詩人群體的創作帶來新的視角。

　　唱和作為詩人們之間同聲相和，同氣相求的一種創作形式，在中國詩學發展史上一直連綿不絕的唱和之風影響深遠。鞏本棟把詩詞唱和之作的基本特點歸納為：題材相同、體裁相同、思想感情接近、內容相互照應、用韻趨近等等。當然也會同中有異：諸如取材的角度，體裁相同但可以增加篇幅，思想感情有深淺輕重的不同，內容上可以借題發揮，用韻也可以不受束縛等等〔註104〕。中國詩學史上至蘇武、李陵，再到陶淵明，再到元白，再到蘇軾，再到明前後七子，再到清錢謙益、王士禎，都有同性之間大量的倡和之作。

　　到了明清之際，男性詩人與女性詩人唱和之作多了起來。明末清初名士與諸名妓或名門閨秀的詩歌唱和，富有情趣。名士有些代和之作，以女性的口吻與女詩人詩歌交流，詩歌中有「代者」角色的轉換處理，卻避免不了帶有「代者」個人情趣。

　　毛奇齡與女性詩人倡和之作不算多，卻是毛奇齡與女性詩人交往的另一方式。毛奇齡有時會感覺到有些女性詩人的身份特殊而無法與之酬酢，比如方外之人吳尼，毛奇齡只能派弟子徐昭華與之交接。「瀕行，尼出撝扇乞詩，不得已，書一律去：『不信纔觀世，幡然去普陀。傳衣真是錦，剪髮尚如螺。貝葉箱中薄，蓮花水面多。阿潘方學道，相待洛橋波』」〔註105〕。毛奇齡贈吳尼之詩是不得已而為之，而越中士女

〔註104〕鞏本棟著，唱和詩詞研究・以唐宋為中心〔M〕，北京：中華書局，2013：17～20。

〔註105〕（清）毛奇齡，西河詩話〔M〕//張寅彭主編，清詩話三編・2，上海：上海古籍出版社，2015：861。

見吳尼摺扇詩，齊聲索昭華和詩，藉以此相難，而昭華連和兩首，其一
云：「前身本靈照，開口即彌陀。乞食施山鳥，裝香在海螺。鄉程雲外
近，別思晚來多。試看千江月，徐徐出綠波。」〔註106〕其二云：「幾欲
還慈室，無緣款跋陀。毫分眉際彩，掌合指頭螺。贈拂留獅尾，翻經度
貝多。龍宮有神女，何處不凌波。」〔註107〕本是毛奇齡與吳尼之間的
互動，最後卻演變成徐昭華與毛奇齡的詩歌倡和，這是恐怕連當事人
也始料未及的。體裁相同，情感內容接近，甚至韻腳用字都相同，昭華
和詩與其師相近之處顯示出昭華無以倫比的才華。

　　和毛奇齡詩，對於昭華來講，應是再熟悉不過的事情了，即便昭
華之母商景徽也曾與毛氏唱和過。《西河詩話》卷一載：「始寧徐大司馬
舉義幡時，予甫丁年，遊司馬軍門，其次君仲山兄事予如家人。然及予
出遊，仲山每招予以詩，語甚哀。暨中道潛歸，匿其家，喜甚。其內人
商夫人、女昭華，皆閨秀也，仲山倡『為讀西河新句好』詩，令和之。
商夫人詩云：『芙蓉露下小池秋，金鴨烟消宿雨收。為讀西河新句好，
都梁艾蒳滿妝樓。』又云：『彩雲翩翩映玉臺，頻將繡帙向風開。可憐
杜甫驚人句，不數陳留曠世才。』昭華詩云：『臙脂花落覆紅甌，獸頸
初垂火自含。為讀西河新句好，渾如秋月照澄潭。』又云：『少小愁觀
白日詞，蘆中人去竟何之。不知擊絮溪邊女，曾讀西河瀨上詩。』」〔註
108〕徐大司馬即為徐咸清之尊人徐人龍。順治二年（1645），清軍下江
南，杭州失守。此時西河族人保定伯毛有倫移師西陵，擬授西河為監軍
推官。徐人龍「犒軍西陵」，對毛奇齡任監軍也有推薦，於西河有「年
遜終軍，才逾公瑾」〔註109〕之題詞。西河可能由此「遊司馬軍門」，得

〔註106〕　（清）毛奇齡，西河詩話〔M〕//張寅彭主編，清詩話三編·2，上海：
　　　　　上海古籍出版社，2015：861。
〔註107〕　（清）毛奇齡，西河詩話〔M〕//張寅彭主編，清詩話三編·2，上海：
　　　　　上海古籍出版社，2015：861。
〔註108〕　（清）毛奇齡，西河詩話〔M〕//張寅彭主編，清詩話三編·2，上海：
　　　　　上海古籍出版社，2015：777～778。
〔註109〕　（清）毛奇齡，毛西河先生全集·墓誌銘·十一〔M〕，清嘉慶陸凝瑞
　　　　　堂刊本。

以與徐咸清交，由此得以與其家庭成員的商景徽、徐昭華有所交集。而毛奇齡詩歌深得讀者商景徽、徐昭華喜愛。在商景徽看來，西河才華橫溢，其才華與陳留之人物相埒。「不數陳留曠世才」之句應來自杜甫《貽阮隱居》，所謂「陳留風俗衰，人物世不數」。《杜詩詳注》在此句下引《晉書》云：「阮籍，陳留尉氏人。父瑀，魏丞相掾。子渾，侄咸，咸子瞻，瞻弟孚，咸從子修，孚族弟放，放弟裕，皆知名當世，推為人物第一。」〔註110〕艾蒳又稱霍納，是一種香名。「不數」意謂數不盡。另外商景徽認為西河詩句餘有滋味，讀之「艾蒳滿妝樓」。

　　而毛奇齡有唱和詩《予詩謬為商景徽閨秀所誦題詩過情因用其原韻自嘲兼以誌謝其外人徐二咸清吾好友得貽與之》，其一云：復壁藏書二十秋，空箱盡有誰收。那知長史南遷後，猶有昭容上綵樓。其二云：幾斛青螺傍鏡臺，題成麗句百花開。生平何幸交徐悱，得藉三娘藻鑒才。〔註111〕正因徐咸清作為媒介，毛奇齡之詩才能為閨秀商景徽所賞鑒。正因商景徽等有如此的才華和學識，毛奇齡之詩才能被女性詩人接納而與之倡和。這裡的「長史南遷」應指徐咸清應博學鴻儒科不中而南歸，而「昭容上彩樓」應指商景徽夫唱婦隨，吟詠不斷，吐納珠玉，辭藻絕麗。毛奇齡此倡和之作「用其原韻」，是「嚴格」意義上的倡和詩，對於我們瞭解毛奇齡通過倡和之作與女性詩人交往與溝通提供了生動的範例。毛奇齡還有《予遲暮歸里徐二咸清命其女昭華師予飲予傳是齋酒半請試予喜其畫蝶即以命題昭華拈筆立成詩曰蛺蝶翻飛去翩千彩筆中雖然圖畫裏渾似覓花叢因和其韻》，是昭華拜師之時，毛奇齡所作唱和之作。

　　此外，毛奇齡與女詩人倡和之作還有一種「代和」體，《為婦和黃皆令吳門閨秀除夕詠雪見貽用東坡原韻》：「怕向寒風捲畫簾，多君猶自

〔註110〕　（唐）杜甫撰；（清）仇兆鰲注，杜詩詳注・上〔M〕，北京：中華書局，2015：455。
〔註111〕　（清）毛奇齡，毛西河先生全集・七言絕句・卷七〔M〕，清嘉慶陸凝瑞堂刊本。

傍朱檐。不將粉絮粧眉膴，但見冰花落指尖。夾岸似張雲母幛，辛盤空貯水晶鹽。無才終讓劉臻婦，羞把丹椒歲歲添。」〔註112〕題中之婦應為毛奇齡之妻陳何（蕭山人，毛奇齡正室），黃媛介應該有贈陳何之除夕詠雪詩，毛奇齡代和媛介，全詩詩意無非是說妻陳何沒有像劉臻之妻陳氏之才，言外之意，黃媛介的才氣使陳何本人相形見絀，羞愧難當，所謂「羞把丹椒歲歲添」。

而《西河詩話》卷一載：「陳何寄《子夜歌》二章，蓋憶予作也。其序云：『外人以避讎未歸，檢黃皆令《子夜歌》，用其詞。』則是貸皆令作者。其詞云：『一去已十載，九夏隔千山。雙珥依然在，如何不得環。』又云：『白露收荷葉，清明種藕枝。君行方歲暮，那有見蓮時。』舊體『蓮』本隱『憐』，今借隱『連』，然亦可隱『憐』，以予曾自呼『阿憐翁』故也。」〔註113〕又載：「陳何貸皆令作春懷詩云：『胡蜂尋舊樹，燕子補新巢。只有清江路，春來漸漸遙。』」〔註114〕鄧之誠《桑園讀書記》引毛奇齡《閨秀王玉映留篋集序》之語：「今玉映以凍餒輕去其鄉，隨其外人丁君者，牽衣出門，將棲遲道路而自炫書畫筆札以自活。」〔註115〕鄧先生認為玉映以代筆作為生活來源，對此云：「據此則名門閨秀，且為推官命婦者，亦樂為之矣。其風盛於明季，至清初未衰，一時閨人筆札，多由代筆，即西河所謂貸也。」〔註116〕有意思的是，本是陳何與其夫毛奇齡通過詩歌交流溝通，本是陳何與黃媛介通過詩歌交流溝通，最後卻用代筆成了毛奇齡與黃媛介的詩詞往來，當然詩歌中雖有「代者」的角色的轉換處

〔註112〕（清）毛奇齡，為婦和黃皆令除夕詠雪見貽用東坡原韻〔M〕//毛西河先生全集‧七言律詩‧卷十，清嘉慶陸凝瑞堂刊本。

〔註113〕（清）毛奇齡，西河詩話〔M〕//張寅彭主編，清詩話三編‧2，上海：上海古籍出版社，2015：772

〔註114〕（清）毛奇齡，西河詩話〔M〕//張寅彭主編，清詩話三編‧2，上海：上海古籍出版社，2015：772

〔註115〕鄧之誠著，桑園讀書記‧附：柳如是事輯〔M〕，瀋陽：遼寧教育出版社，1998：76。

〔註116〕鄧之誠著，桑園讀書記‧附：柳如是事輯〔M〕，瀋陽：遼寧教育出版社，1998：76。

理，但也避免不了帶有「代者」詩歌風格和個人情愫。

第三節　毛奇齡招收女弟子的範式及影響

　　男性作家招收女弟子在清代以前比較少見，而名士招收女弟子更是絕無僅有。因而蔣寅說：「清代學者毛奇齡指點徐昭華學詩，首開名士招收女弟子之例。」〔註117〕這一點，連毛奇齡自己說：「夫天下閨閣多矣，貧寒者既鮮誦讀，而大家帷幔易於掩翳。且嬌稚好閟，自女師保傅外，鮮肯執學，即或執學，而非女齒卑幼與通家世好如予者，則亦不足為女師。夫是以粉飾者多，而淹沒者亦復不少。顧吾聞在昔，唯伏生之女以傳經為晁家令師；而班氏居東觀，朝士各請受《漢書》閣下；衛夫人授王逸少書法；若韋氏宋母，則以絳幔授生徒封宣文君者。而閨中受業，千古未有。唯予以老大陋劣為昭華師，然則予藉昭華以傳矣。」〔註118〕閨閣女性因種種原因未能拜師學習，貧家女性自不必說，大家閨秀因其封閉的環境，女師保傅則負擔起教育的主要職責。除了兩家有通家之好之外，則鮮有請外人者作為家庭教師的例子，更不要說請男性的教師作為閨秀學習的榜樣。在歷史上，因伏生年老，口音難懂，只好由伏生之女把今文《尚書》傳給晁錯，伏生之女可稱為晁錯之師；班昭為班彪之女，班固、班超之妹，博學多才，馬融於是受教，而漢和帝令皇后及諸貴人師事之，可謂為眾朝士之師。此外還有衛夫人向王羲之傳書法，韋逞之母傳授生徒，號為宣文君者。毛奇齡所舉以上事例均為女性為教師，無論教授的學生為女性還是男性，似乎在歷史上都傳為佳話。其中的原因有多方面，其中一個重要的原因女性在長期的封建社會裏，得到的受教育的機會相對較少。一旦有個別女性因為家學傳統而一枝獨秀時，必然會為眾人矚目。假若這些女性還能傳授生

〔註117〕蔣寅，清代閨閣詩萃編序〔M〕//李雷主編，清代閨閣詩萃編1，北京：中華書局，2015：2。

〔註118〕（清）毛奇齡，傳是齋受業記〔M〕//毛西河先生全集・碑記・三，清嘉慶陸凝瑞堂刊本。

徒，那就必然青史留名，傳為佳話了。而男性擔任閨中之師，似乎比起女性擔任閨秀之師則「千古未有」，因為自古以來，男女授受不親，男性擔任女性教師總會引起不必要的忌諱。

而毛奇齡擔任徐昭華學詩之師則開創了一種範式，這種範式有一種可以借鑒學習的流程。毛奇齡的《傳是齋受業記》則是為後世男性作家招收女弟子畫出了一個範式流程圖。乾隆朝之後，名士招生女弟子的風氣日盛，這與毛奇齡的影響不無關係。毛氏招收女弟子的影響趨於兩端：從正面的影響來看，後世名士學習其範式，對於女性的才學予以體認與肯定，如袁枚等人招收女弟子明顯受到其影響；二是這種範式造成了一定的負面影響，雖毛奇齡招收女弟子的範式是一種佳話，但是後人卻運用失當，招收女弟子失之過濫。更有人認為影響所及敗壞了士風，對男女之大防形成了一種威脅，甚至詛咒散播「流毒」之人，即使轉世也不得好報。

我們首先以《傳是齋受業記》為中心來討論毛奇齡所描畫的招收女弟子範式流程圖：一為女子對男性之詩，有所體悟，有所觸動，在自己的創作中努力地向心目中的老師看齊，並嘗試通過相關渠道而拜師。昭華剛開始讀毛奇齡詩，心有所動，向其父親提出要拜毛氏為師，所謂「予友徐仲山曾得予印本藏之家，其女昭華者好之，請於父曰：『吾讀唐後詩不恰於心，獨是詩者憮然若有會，吾思以學之，而不知其為何如人也？父曰：『嗟乎，此吾友西河者也。其人窮於時，流離他方，吾方欲為文招之。而若好其詩，他日歸，吾請為若師。』女曰：『諾。』〔註119〕而吳陳琰《昭華詩集·序》云：「而尤可異者，昭華自耽聲律，輒慕毛萇。頻哦瀨上之詩，深惜蘆中之士。瑣窗燈火，覽麗句以周環；錦篋花箋，學清吟而宛轉。」〔註120〕在吳寶崖看來，昭華異於眾女性才

〔註119〕（清）毛奇齡，傳是齋受業記〔M〕//毛西河先生全集·碑記·三，清嘉慶陸凝瑞堂刊本。
〔註120〕（清）徐昭華著；杜珣輯校，徐昭華集〔M〕//李雷主編，清代閨閣詩萃編2，北京：中華書局，2015：663。

人之處，就是對於毛奇齡之詩有著超乎尋常的喜愛，摹寫吟哦不綴。我們上文所提到《讀西河先生瀨中集作二首》是昭華未師毛奇齡時所作，其對於毛奇齡之詩深有體會，可以這樣說，昭華此時已把毛奇齡作為老師來看待，並在自己的詩作中有意地去模仿之。毛奇齡在康熙丁巳仲秋所作《昭華詩集序》云：「乃昭華特好予詩，凡繡枰針管，脂盂黛鬲，偶有著筆，即漫寫予詩以當散玩，故其後謬呼予師。」〔註121〕這條材料也可以證明昭華在正式拜毛奇齡為師之前，已經在心目中把其作為老師來看待。

　　二為男性作家對於女性之詩有所懷疑，因女性請求自試而尋求揭示自己的真才實學，向正式拜師又邁出了一步。毛奇齡歸里之後，對於昭華之詩有所懷疑，以為其詩可能不是本人所作。加之越中也有懷疑昭華所作之詩，因而昭華請求自試，正所謂「其後予歸里，而仲山貽予昭華詩，予讀其七絕，大驚，以為吾向學唐人詩時，偶有得，庶幾類於是，今不能矣。而若人能之，吾不信閨閣中果有是。仲山曰：『是人已師子，故詩頗類子，而子翻未之知耶？且安見閨閣中必無是也？』未幾，越中果有疑昭華詩非已作者，聞於昭華，昭華怒，乞其父招予，請自試。予時以他往，不赴，貽試題二：一《擬劉孝標妹贈夫詩》，一《賦得拈花如自生》，則摘范靖妻詠步搖句也。」〔註122〕其實不光毛奇齡對於昭華之詩抱有懷疑，陳維崧在其四六文《昭華詩集原序》中，敘說了聽到毛奇齡介紹自己女弟子時，也持有懷疑態度：「余也側聆高論，竊慕驚才。神惝怳以靡寧，心狐疑而未果。倘其善謔，姑好大言；如謂非誣，求觀麗制。」〔註123〕

　　解決這種狐疑最好的辦法就是讀其詩作，驗其真偽。甚至現場給

〔註121〕（清）徐昭華著；杜珣輯校，徐昭華集〔M〕//李雷主編，清代閨閣詩萃編2，北京：中華書局，2015：661。

〔註122〕（清）毛奇齡，傳是齋受業記〔M〕//毛西河先生全集，清嘉慶陸凝瑞堂刊本。

〔註123〕（清）徐昭華著；杜珣輯校，徐昭華集〔M〕//李雷主編，清代閨閣詩萃編2，北京：中華書局，2015：662。

予試題，當面驗證。毛奇齡給徐昭華兩個題目，都是昭華不擅長的古詩體，一為《擬劉孝標妹贈夫詩》、一為《賦得拈花如自生》。昭華《賦得拈花如自生》：「明珠照翠鈿，美玉映紅妝。步移搖彩色，風回散寶光。蛛絲髻上繞，蝶影鬢邊翔。誰道金玉色，皆疑桃李香。」〔註124〕《擬劉孝標妹贈夫詩》其一：「流蘇錦帳夜生寒，愁看殘月上欄杆。漏聲應有盡，雙淚何時乾？」其二：「芙蓉花發滿池紅，黛烟香散度簾櫳。畫眉人去遠，腸斷春風中。」〔註125〕這樣的詩作破除了上述狐疑，毛奇齡於是說：「其制效原體而下句妍婉與原詩埒，蓋昭華天才也。」〔註126〕吳陳琰則這樣說：「已乃播諸人口，疑是贗成。昭華爰請嚴父以致詞，願乞名賢而親試。齊梁豔體，宛若芙蓉；庾鮑妍辭，曾非金粉。拈花欲笑，風神踰范靖之妻；搴帳生寒，淒怨壓孝標之妹。然後盡消舊惑，共嘆天人。而昭華文湧如泉，懷虛若谷；蓋復傾心受業，拜手稱師。」〔註127〕舊惑已消，眾謗遂息，昭華在正式拜師的路上又進了一步。

三是舉辦正式拜師儀式，男性詩人命題作詩，其中女性詩人家長和其他客人作為見證人見證了這一拜師過程。所謂「而予過是齋，昭華出受業，謁予為師。既罷，仲山復請試以詩。時予方就飲，甬東仇石濤在坐，會昭華為其祖從母范郡丞夫人作畫幛，予喜其畫蝶，遂命題畫蝶五絕，而以坐有甬東客，限以東韻。語未絕而詩至，誦之一座稱嘆，予喜而和之，且為二絕句記其事。」〔註128〕當然，毛奇齡作為閨中之師，

〔註124〕 （清）徐昭華著；杜珣輯校，徐昭華集〔M〕//李雷主編，清代閨閣詩萃編 2，北京：中華書局，2015：655。

〔註125〕 （清）徐昭華著；杜珣輯校，徐昭華集〔M〕//李雷主編，清代閨閣詩萃編 2，北京：中華書局，2015：655。

〔註126〕 （清）毛奇齡，傳是齋受業記〔M〕//毛西河先生全集·碑記·三，清嘉慶陸凝瑞堂刊本。

〔註127〕 （清）徐昭華著；杜珣輯校，徐昭華集〔M〕//李雷主編，清代閨閣詩萃編 2，北京：中華書局，2015：663。

〔註128〕 （清）毛奇齡，傳是齋受業記〔M〕//毛西河先生全集·碑記·三，清嘉慶陸凝瑞堂刊本。

要進一步驗證其才華，命賦《畫蝶》五絕即是進一步的證明。昭華《畫蝶》詩云：「蛺蝶翻飛去，蹁躚彩筆中。雖然圖畫裏，渾似覓花叢。」〔註129〕

名士成功招收女弟子之後，在「好為人師」的心性引領之下，在女弟子學詩的過程發揮指導作用。毛奇齡在成功招收了女弟子之後，並不停留在「空頭」的名號上，而是切實地「履行」了教師的職責。昭華每有詩成，便郵寄兼本，「昭華既受業傳是齋中，每賦詩必書兼本郵示予請益」〔註130〕，毛奇齡應對昭華之詩做了批改修正。而有些優秀的作品，毛奇齡也會郵寄給昭華，讓其效法模仿。如「蕉園五子」之一的朱柔則《嗣音軒詩集》成，毛奇齡讚賞道：「若夫順成（柔則字）之詩，則詞質而意達，有似乎杜甫之言情者。」〔註131〕毛氏希望昭華能夠對這種風格有所借鑒：「予門有徐昭華者，會稽女都講者也，頗工詩，是集成，當貽一本示之。」〔註132〕昭華在毛奇齡的指引之下，有些詩體學習模擬毛奇齡之作，做到了「神似」，毛奇齡以上所言未免有誇耀的成分，沾染名士習氣。不可否認的是，毛奇齡對女弟子詩歌創作影響不小。毛氏甚至讓徐昭華代替自己與吳尼酬唱往來，得以鍛鍊詩才。昭華與吳尼唱和詩成，毛奇齡認為其男弟子盛唐、王錫的詩歌不及昭華之詩，這對昭華寫詩的自信心增加起到了重要的作用。

附帶提及的是，明末清初的名士好為人師的習性，在一定程度上影響女詩人的人生道路及其詩歌創作特點。除了毛奇齡招收女弟子之外，同時的馮班有女弟子吳綃，尤侗有女弟子張蘩。吳綃曾請教於馮氏，馮氏不輕許人，卻對吳綃讚賞有加，「馮定遠持論少可多否，

〔註129〕（清）徐昭華著；杜珣輯校，徐昭華集〔M〕//李雷主編，清代閨閣詩萃編2，北京：中華書局，2015：651。

〔註130〕（清）徐昭華著；杜珣輯校，徐昭華集〔M〕//李雷主編，清代閨閣詩萃編2，北京：中華書局，2015：649。

〔註131〕（清）毛奇齡，嗣音軒詩集序〔M〕//毛西河先生全集·序·二十七，清嘉慶陸凝瑞堂刊本。

〔註132〕（清）毛奇齡，嗣音軒詩集序〔M〕//毛西河先生全集·序·二十七，清嘉慶陸凝瑞堂刊本。

獨推許冰仙」〔註133〕。吳綃有詩《贈定遠馮先生跋》:「詩家詩在感慨中,失意遭逢詩始工。布衣寒士垂白髮,枯坐苦吟愁兀兀……有時一句價連城,白虹浩氣胸中發……學富長飢何足憂,山頭處處生薇蕨。」〔註134〕吳綃對馮班詩歌大加讚賞,認為馮氏詩窮而後工,在時代背景之下,其詩品、人品在當時都是一流,正是自己要效法的對象。這首詩較好地反映出明清之際名士對女性詩人的深刻影響。

毛奇齡招收女弟子的範式影響到後來,「乾隆以後,女子師從男詩人學詩漸成風氣,沈大成有女弟子徐瑛玉、陳如璋、方婉儀,黃子雲有女弟子丁愫、程屺經,潘榕皋有女弟子七人,任兆麟則不僅有多名女弟子列名「吳中十子」中,還有汪玉軫、金逸、馬素貞為一時翹楚。黃培芳也有收女弟子的記載。最著名的當然是袁枚,曾先後在南京、蘇州及原籍杭州等地招收女弟子達四十餘人之多,並選刻《隨園女弟子詩選》,首開成批培養女詩人的創例」〔註135〕。關於毛西河招收女弟子的範式影響,由於篇幅所限,我們只能圍繞著袁枚招收女弟子為中心加以討論。

其一則為後世學習其範式,對於女性的才學予以體認與肯定,以袁枚招收女弟子為代表。試舉例如下:金逸(1769〜1794),字纖纖,號仙仙女史,江蘇蘇州人。嫁陳竹士秀才,二十五歲而亡,著有《瘦吟樓詩草》四卷。金逸為隨園女弟子之一,其詩被選入《隨園女弟子詩選》。陳文述《頤道堂文鈔》之《金纖纖傳》:「錢塘袁太史寓金陵,以詩文羅致後進少年,為詩者多宗之。大家名媛,亦多稱隨園弟子。纖纖論詩極嚴,於前輩罕心折。竹士嘗問字太史之門,以全集歸。纖纖讀之,謂竹士曰:『古人言詩,原本忠愛,即性靈也,而格律才藻經緯焉。

〔註133〕 (清)惲珠,國朝閨秀正始集・卷二〔M〕,哈佛燕京圖書館藏清道光十一年(1831)紅香館刻本。

〔註134〕 (清)吳綃著;李雷點校,嘯雪庵集〔M〕//李雷主編,清代閨閣詩萃編1,北京:中華書局,2015:232。

〔註135〕 蔣寅,清代閨閣詩萃編序〔M〕//李雷主編,清代閨閣詩萃編1,北京:中華書局,2015:2。

太史詩才情橫逸，間有疵累。然溫柔敦厚，得詩人之旨，是妙解性靈者。雖欲不在弟子之列，不可得也。」因援徐昭華於毛西河故事，乞問字焉。」〔註136〕金逸也是讀了袁枚的詩文之作，心有戚戚焉，才決定拜袁枚為師，所謂「援徐昭華於毛西河故事」，這與我們上文所論述的毛奇齡招收女弟子的範式何其相像！

　　而上述關於金逸援徐昭華拜師之範式而拜於袁枚門下，另外還有一個例證：袁枚有尺牘文《答孫碧梧夫人》，是答覆孫雲鳳的尺牘。孫雲鳳（1764～1814），字碧梧，浙江杭州人。著有《湘筠館詩》二卷、《湘筠館詞》二卷《玉簫樓詩集》卷。隨園女弟子，其詩被選入《隨園女弟子詩選》。孫雲鳳在來信中稱：「前歲星槎回裏，悵扣謁之無緣，恰喜錦句傳來，幸芳塵之可步。曾和短章，恭求鈞誨。竊謂先生煉金點石之才，必有啟瞶發蒙之助……雲鳳得蒙請訓，已列門牆，忝在弟子之班，妄竊詩人之號，自顧彌增慚汗，問世益覺厚顏。務祈先生即加針砭，附便擲還。萬勿災諸棗梨，徒滋貽笑方家。外附詩詞，並求誨正。」〔註137〕袁枚則在回信中這樣說：「昔人以國中有顏子而不知為恥，吾鄉有宣文君、宋若昭而不知，獨能無忝於顏子乎？蒙劄中稱呼，仿徐昭華師毛西河故事。孟子曰：『人之患在好為人師。』為他人之師，尚不敢，況為才女之師乎？然而伏生老去，正想傳經；劉尹衰頹，與誰共話？以故莞爾而笑，居之不疑，謹覆數行，用酬來意。」〔註138〕孫雲鳳在信中言必稱弟子，袁枚卻說羞愧難當，以雲鳳之大才，卻仿昭華師西河之故事，不免失當。其實這都是隨園的客套話，其真心話卻是下文，以伏生和劉尹自比，居玉鳳之師而不疑。袁枚效法的是昭華師西河的範式。諸多隨園女弟子「批量」產生，袁枚對他們讚譽有加，與之倡

〔註136〕（清）陳文述，頤道堂文鈔‧卷八〔M〕，清嘉慶十二年刻道光增修本。
〔註137〕（清）袁枚，音注小倉山房尺牘‧卷五〔M〕，天津圖書館藏清光緒十二年（1886）掃葉山房硃墨刻本。
〔註138〕（清）袁枚，音注小倉山房尺牘‧卷五〔M〕，天津圖書館藏清光緒十二年（1886）掃葉山房硃墨刻本。

和，對其詩作進行評點，甚至出版一本《隨園女弟子詩選》，這些都能看到毛奇齡招收女弟子範式的影響。

甚至不止女弟子，隨園對待女詩人的態度和方式也能看到這種範式的影子。《隨園詩話》卷四載：「余宰江寧時，有松江女張氏二人，寓居尼庵，自言文敏公族也。姊名宛玉，嫁淮北程家，與夫不協，私行逃脫。山陽令行文關提。余點解時，宛玉堂獻詩云：『五湖深處素馨花，誤入淮西估客家。得遇江州白司馬，敢將幽怨訴琵琶？』余疑倩人作，女請面試。予指庭前枯樹為題，女曰：『明府既許婢子吟詩，詩人無跪禮，請假紙筆立吟，可乎？』予許之。乃倚几疾書曰：『獨立空庭久，朝朝向太陽。何人能手植，移作後庭芳。』」〔註139〕從懷疑詩作真偽到女請面試，再到指以題目，再到女詩人疾書而就。這一切都是這樣耳熟能詳，和徐昭華請求面試的流程何其相像！

二是這種範式造成了一定的負面影響，毛奇齡招收女弟子的範式是一種佳話，但是後人卻運用失當，招收女弟子失之過濫。陸以湉《冷廬雜識》云：「近日袁隨園女弟子詩蓋仿此而益臻其盛，然人既多，而詩不盡佳，失之濫矣。」〔註140〕而錢泳《履園叢話》云：「昔毛西河有女弟子徐昭華，為西河佳話。乾隆末年，袁簡齋太史傚之，刻十三女弟子詩，當時有議其非，然簡齋年已八旬，尚不妨受老樹著花之誚。近有士子自負才華，先後收得五十三女弟子詩，都為一集。其中有貴有賤，雜出不倫，或本人不能詩，為代作一二首以實之，以誇其桃李門牆之盛。此雖從事風流，而實有關名教。曩余在三松堂，客有豔稱其事者，潘榕皋先生歎曰：「此人死後，必轉輪女身，自亦工畫能詩，千嬌百媚，而長安遊俠，公子王孫為其所惑者，當十倍之，必得相於到五百三十人，方能抵其罪過。余笑曰：『公竟先為閻羅王定案耶？』」

〔註139〕 （清）袁枚撰；顧學頡校點，隨園詩話·上〔M〕，北京：人民文學出版社，1982：115。

〔註140〕 （清）陸以湉撰；崔凡芝點校，冷廬雜識〔M〕，北京：中華書局，1984：253。

〔註 141〕雖是笑謔之語，卻其間對於招收女弟子的範式的影響的流毒作一無情的揭露，錢氏對袁枚學習毛奇齡的招收女弟子的範式的評價還算客氣，而對於「近有士子」則是近乎詛咒了，即使轉世也不得好報。而章學誠卻不能笑謔，因為在他看來，男女之大防，關乎世道人心，正是正人君子憂愁不已的事情。他說：「近有無恥妄人，以風流自命，蠱惑士女，大率以優伶雜劇所演才子佳人惑人。大江以南，名門大家閨閣，多為所誘。徵詩刻稿，標榜聲名，無復男女之嫌，殆忘其身之雌矣。此等閨娃，婦學不修，豈有真才可取？而為邪人播弄，浸成風俗，人心世道，大可憂也！乃更有癡妄無知婦女自題其詩為《浣青集》，謂兼浣花、青蓮之長，則不必更問其詩，其為無知無恥之妄人，不待言矣。為之夫壻不但不知禁約，而反若喜之。嗚呼！彼之所喜，正君子之憂也。」〔註 142〕顯然章氏是針對袁枚而發的，對於其招收女弟子之行為以及女詩人之無知無妄大加口誅筆伐，儼然等同於謾罵。若沿流而溯之，問章氏對毛奇齡招收女子範式的評價，估計也應是負面的評價。

　　概而言之，毛奇齡招收女弟子的範式的影響有正面和負面兩方面，在負面影響上，錢泳和章學誠等人試圖予以惡劣評價，但他們也忽視了一個客觀事實，正是在袁枚等人影響之下，乾隆朝女性詩人創作迎來了一個高峰期，這是他們始料未及的。

第四節　詩歌與情感的共鳴──毛奇齡對待女詩人的心態與態度

　　名士性格大多率真而自然，他們面對女詩人及詩作時，往往敞開心扉，與之溝通。名士在明清易代之際，對女詩人的身世遭遇寄予特別的關注，同情其遭遇是名士有情的表現，也是率真習性使然。女詩人對

〔註141〕（清）錢泳，履園叢話．卷二十一〔M〕，清道光十八年述德堂刻本。
〔註142〕（清）章學誠，丙辰箚記〔M〕，清光緒二十九年貴池劉氏刻聚學軒叢書本。

名士的「情」做出回應，「情」因而是女詩人回應的題中之義，此為名士與女詩人連接的心理紐帶。在這心理連接中，名士「有情」的深層原因是其自身深沉的身世之感。

在易代之變中，女詩人的詩作反映時代變遷與身世之感。宋蕙湘是江蘇金陵人，在亂離之中被軍兵掠去，她曾題詩郵壁，悽然有去國離家之痛感。尤侗讀而和之：「管絃未散鼓鼙催，金粉飄零寶鏡開。好似明妃出塞去，幾時桃葉渡江來。」又云：「青樓夢斷杳如煙，懊惱郵亭一夜眠。回首長干天外隔，洛陽別有斷腸天。」〔註143〕尤侗的關注點是在女詩人被劫掠之後的遭遇，蕙湘似昭君出塞一般，紅粉飄零，遠適異域，心靈上創傷難以抹平，斷腸之人遠在天涯。尤侗的性格中有放縱怪誕的一面，「面對科舉的不利，尤侗試圖用吳中士子傳統的放縱狂誕的型格，證明、顯示自己的驚人才華」〔註144〕。而這種狂誕在不經意間會流露出一種真性情，上面與女詩人的和作，明顯體現了尤侗的真性情，即為率真而有情的習性。

名士毛奇齡身上有明末黨爭意氣用事的成分，有時為逞一時口舌之快，不惜污蔑與之辯論的對手。清初唐宋詩之爭的「鵝鴨之辯」，毛奇齡強詞奪理令人印象深刻。名士的逞強好勝的特點在其身上體現明顯。不可否認的是，毛奇齡性格上有率真的一面，口無遮攔、矜能炫技，從另外一個視點來看，也是率真而有情的體現。其與女詩人王端淑的詩歌交往反映了這一點。

在惜才識才之心態之下，毛奇齡對於女性詩人不幸的人生遭遇予以深切的同情。王端淑的遭際引起了毛奇齡的注意，且不論我們前文所提到毛奇齡與王端淑的詩歌倡和互動，我們來看毛奇齡七言古詩《雨中聽三絃子適女士王玉映將之吳下過宿蕭城西河里因作長句書感却

〔註143〕（清）汪啟淑選輯；付瓊校補，擷芳集校補·4〔M〕，北京：人民文學出版社，2019：2326～2327。

〔註144〕賀國強、魏中林，論《論語》詩的創作範式與文學性流變〔J〕，學術研究，2018（10）。

示》：「汝不聞三絃聲最悲，咧嗺哳軋誰所為。天心雨落風迸裂，坐客一時雙泪垂。三絃初開仿靴鼓，萬曆年來重張甫。曹剛不作甫不傳，何處新聲到江潯。當前撥拉如訴說，濚濚嘈嘈漸相接。絃聲複褋風雨聲，拍散音繁語嗚唈。江東女士當代希，會稽王氏留烏衣。著書不讓漢時史，織素自憐機上詩。清暉閣中父書在，綵筆長濡舊螺黛。吟成紅雨滴口脂，行得青藤繞裙帶。風流遺世姿獨殊，將從秦氏聽啼烏。朝行賣珠暮無粟，天寒袖薄涼肌膚。可憐兵革滿衢路，欲望西陵過江去。崎嶇宛轉進退難，祇恐行來且多誤。昨宵行李深巷宿，聞汝空奪脫車軸。今朝寂歷風雨來，令我停絃撫心曲。梧宮木落愁復愁，女墳湖畔今難留。君行渺欲向何所，長江浩浩還東流。蛾眉掩抑自今古，況復哀彈最悽楚。今朝自雨昨自晴，不盡三絃此中苦。從來出處難復難，願君絃絕勿再彈。」〔註145〕魏中林師在《詩史思維和梅村體史詩》一文中比較杜詩和梅村詩的區別時說：「但整體而言，吳詩更多的是採用史筆蘊詩心的手法，更加重視詩的實錄作用，這使得吳詩總體上顯得更質實一些，稍欠詩的空靈。這是經史之學高度發達的狀況下派生出來的文化特質，清代的敘事詩也大都有此特點。因而通過眾多的個別人物的真實生存狀況來揭示社會時運悲劇，這是吳詩與杜詩的最大不同。」〔註146〕

　　由此言之，毛奇齡的這篇堪稱實錄的詩作也應該典範性的代表之作。毛奇齡一開始就用三絃之曲營造出一種悲涼嗚唈之氣氛，「絃聲複雜風雨聲，拍散音繁語嗚唈」，風雨之聲更加重這種悲涼色彩。而主角王玉映就是特意營造的氛圍中出場，「江東女士當代希，會稽王氏留烏衣。著書不讓漢時史，織素自憐機上詩」，這是毛氏意在強調玉映天才穎出，才學淵源有自，擅長史學與文學。陳維崧對此評價道：「山陰王端淑（字玉映）意氣落落，尤長史學。父季翁（名思任）常撫而憐愛之。

〔註145〕（清）毛奇齡，毛西河先生全集・七言古詩・卷五〔M〕，清嘉慶陸凝瑞堂刊本。

〔註146〕魏中林，賀國強，詩史思維與梅村體史詩〔J〕，文學遺產，2003，第3期。

曰：『身有八男，不易一女。』」〔註147〕陶元藻《全浙詩話》王端淑條
則引毛奇齡此詩和陳維崧上述評價，云：「今人但知其精於詩學，無有
知其通於史學者。西河『著書不讓漢時史』之句，亦可謂端淑實錄。」
〔註148〕點出「實錄」二字正是毛奇齡這首詩最大的特色，下面兩句則
云：「清暉閣中父書在，彩筆長濡舊螺黛。吟成紅雨滴口脂，行得青藤
繞裙帶」。下有小注：王季重兵憲所居有清暉閣，後玉映徙居青藤書屋，
徐文長故宅也。所著初刻名《吟紅集》。按照陶元藻的說法，此兩句更
是一種實錄。

可以這樣說，三絃之曲所造就的氛圍還有一點虛幻的成分，而寫
到王玉映的個人遭遇之時，不用實錄的筆法無以展示社會時運之下個
人深沉的悲劇命運。「風流遺世姿獨殊，將從秦氏聽啼烏。朝行賣珠暮
無粟，天寒袖薄涼肌膚」，這兩句明顯有杜甫《佳人》詩的影子：「侍婢
賣珠回，牽蘿補茅屋。摘花不插髮，採柏動盈掬。天寒翠袖薄，日暮倚
修竹。」〔註149〕仇兆鰲對《佳人》詩的主旨解釋道：「天寶亂後，當實
有是人，故形容曲盡其情。舊謂託棄婦以比逐臣，傷新進猖狂，老成凋
謝而作，恐懸空撰意，不能淋漓愷至如此。」〔註150〕仇說似乎太過拘
泥，有無其人當不是討論的重點。杜甫實借《佳人》之詩澆內心之塊
壘，詩中寄予作者內心的理想抱負則是探討的重點，因為自古以來就
有以棄婦擬逐臣的傳統，佳人冰清玉潔的形象顯然與作者所追求的高
潔品質息息相關。而毛奇齡的上述詩句顯然不存在這樣的爭論，毛氏
也在強調女詩人的遺世獨立，天寒袖薄，但卻是強調時運給女詩人帶
來的悲愴境地，顯然和杜甫《佳人》之詩所含主旨有所區別，毛氏更強

〔註147〕（清）陳維崧撰；冒襄注；王世祿評；王英志校點，婦人集〔M〕//王
　　　　英志主編，清代閨秀詩話叢刊·1，南京：鳳凰出版社，2010：19。
〔註148〕（清）陶元藻輯；蔣寅點校，全浙詩話·外一種·第5冊〔M〕，杭
　　　　州：浙江古籍出版社，2017：1286。
〔註149〕（唐）杜甫撰；（清）仇兆鰲注，杜詩詳注·上〔M〕，北京：中華書
　　　　局，2015：462。
〔註150〕（唐）杜甫撰；（清）仇兆鰲注，杜詩詳注·上〔M〕，北京：中華書
　　　　局，2015：463。

調的是一種客觀性的實錄。

　　而悲劇就是把美好的事物撕毀給別人看，如此遺世獨立、冰清玉潔的才女不光有生活如此的遭際，特別是「可憐兵革滿衢路，欲望西陵過江去。崎嶇宛轉進退難，只恐行來且多誤。昨宵行李深巷宿，聞汝空奩脫車軸。今朝寂歷風雨來，令我停絃撫心曲」。明清易代之變給人民造成了深重災難，而詩人要這種災難化到具體到個人的真實人物，就要採取一定的藝術手法，才能如實展現這種苦難，才可以稱得上所謂「詩史」，這種藝術手法就是魏中林師所說的「史筆蘊詩心的手法」。對於這種苦難，當然王端淑本人也有作品如歌行體如《苦難行》云：「甲申以前民庶豐，憶吾猶在花錦叢。鶯囀簾櫳日影橫，慵妝倦起香幃中。一自西陵渡兵馬，書史飄零千金捨。髻鬌蓬鬆青素裳，誤逐宗兄走村野。武寧軍令甚嚴肅，部兵不許民家宿。此際余心萬斛愁，江風括面焉敢哭……汗下成斑淚如血，蒼天困人梁河竭。病質何堪受此情，鞋跟踏綻肌膚裂……思親猶在心似焚，願凔鋒刃冒死回……骨肉自此情義疏，僑寓暫且池東居。幸得詩書潤茅屋，僻徑無術顯者車。曉來梨雨幽窗灑，暮借殘星補破瓦。」〔註151〕王端淑以女性的細膩敏感詩心感受易代之變給心靈和肉體帶來的創傷，其情感的深度可謂驚心動魄，一字一淚，不經意間用史的筆法記錄甲申（1644）之變給普通之人所帶來的苦難。

　　王端淑此詩與毛奇齡之詩有一個重要的區別是，一為是作家親身經歷所寫的「詩史」，感染力和真實感較強；一為男性作家保持一定距離對於女性作家描摹和刻畫，具有一定的客觀性和紀實性。兩者都可以稱為「詩心史筆」，但毛奇齡還保留對於女詩人所持有的心態和態度。兵火相繼，流離於道路，播遷於風雨，進退兩難，孤苦無依。因而毛奇齡「停絃撫心曲」，內心對王端淑寄予深切的同情。而「梧宮木落愁復愁，女墳湖畔今難留。君行淼淼欲向何所，長江浩浩還東流。蛾眉掩抑自

〔註151〕　（清）王端淑著；鄒遠志點校，映然子吟紅集〔M〕//李雷主編，清代閨閣詩萃編1，北京：中華書局，2015：70。

今古，況復哀彈最悽楚。今朝自雨昨自晴，不盡三絃此中苦。從來出處難復難，願君絃絕勿再彈」，悽楚哀愁，何所寄身？長江浩蕩，一寸心哪能容萬斛愁？且不要再彈奏三絃之曲了。毛奇齡設身處地為王端淑前途著想，其同情之心緒隨風雨和哀彈而迸出。陶元藻《全浙詩話》對此說：「非不誇其才貌，惜其窮途。此詩大抵作於玉映寄詩之後，應屬解嘲，恐難補遺。」〔註152〕陶元藻引《蓮坡詩話》之說：毛西河選浙江閨秀詩，獨遺山陰王氏。王氏有女名端淑，寄西河詩，結句云：『王嬙未必無顏色，怎奈毛君筆下何？』」〔註153〕認為該詩是王端淑寄詩毛奇齡，責怪其選越詩沒有選她的詩之後所作，其主旨應是毛奇齡的自我解嘲，對端淑心懷慚愧，而同情其遭遇則是次要部分，不知陶氏此說何據？

而毛奇齡在《閨秀王玉映留篋集序》說：「予選越詩時登玉映作，且群起訴厲，在有辭說。今玉映以凍餒輕去其鄉，隨其外人丁君者牽車出門，將棲遲道路，而自衒其書畫筆札以為活。記去秋鄉田燒自山陰道江，凡一百里，渠腹龜拆，結袂而蒙暵，未及稅而風雨驟發，邑市衢巷皆漲，牛馬暴凍。予既聞其事，值有客抱三絃者託屋下，其哀彈與風雨迸出。予乃作長句，既悲閨中之在道，而又自託於箜篌作諷，申無渡之意。其詞至今在也。」〔註154〕毛氏就《雨中聽三絃子適女士王玉映將之吳下過宿蕭城西河裏因作長句書感卻示》的寫作背景作了交代，與陶元藻之說有矛盾之處。關於此詩的主旨問題，毛奇齡用了「既悲閨中之在道，而又自託於箜篌作諷，申無渡之意」的句子，《公無渡河》為樂府舊題，即為《箜篌引》，晉崔豹《古今注·音樂第三》：「《箜篌引》，朝鮮津卒霍里子高妻麗玉所作也。高晨起刺船而濯，有一白首狂夫，披

〔註152〕 （清）陶元藻輯；蔣寅點校，全浙詩話·外一種·第5冊〔M〕，杭州：浙江古籍出版社，2017：1286。

〔註153〕 （清）陶元藻輯；蔣寅點校，全浙詩話·外一種·第5冊〔M〕，杭州：浙江古籍出版社，2017：1286。

〔註154〕 （清）毛奇齡，閨秀王玉映留篋集序，〔M〕//毛西河先生全集·序·卷七，清嘉慶陸凝瑞堂刊本。

髮提壺，亂河流而渡。其妻隨而止之，不及，遂墮河水死。於是援箜篌
而鼓之，作《公無渡河》之曲，聲甚悽愴。曲終，自投河而死。霍里子
高還，以其聲語妻麗玉，玉傷之，乃引箜篌而寫其聲，聞者莫不墮淚飲
泣焉。麗玉以其曲傳鄰女麗容，名曰《箜篌引》。」〔註155〕由此言之，
毛奇齡對於王端淑遭遇的態度大體主旨仍舊是同情為主調。

　　王端淑讀了毛奇齡此詩，也有回應。王端淑《同夫子讀毛大可雨
中聽三絃子長句賦贈》：「亢陽懶龍鞭不起，焦枯萬山河無水。會稽古道
不俗人，株守不若行路塵。奔馳百里行最艱，三日始到蕭然山。毛君有
才過八斗，少年獨爇詞壇口。筆花落處煙霞從，慘淡餘同秋芙蓉。如蓬
蹤跡朝暮更，虛樓夜聞龍吼聲。卷衣急起風雨馳，妝成忽接長箋詩。絃
索自新詩自古，內為羈人惜風雨。人情傾刻秋雲變，誰向峨眉思宛轉。
瑤篇不敢置几案，一字一讀增一歎。才疏敢博名賢譽，且逐孤帆渡江
去。」〔註156〕所謂「懶龍」，《新編古今事文類聚》有「懶龍條」(引《僧
史》)：「僧聞禪師住邵武山中。一日，有老人來謁聞曰：『我龍也，以疲
惰行雨不職，上天有罰當死，賴道力可脫。』俄失所在。聞視坐榻旁有
小蛇尺許，延緣入袖中屈蟠。夜風雷挾坐榻，電碎雷射，山嶽為搖，而
聞危坐不傾。達旦晴霽，垂袖，蛇墮地而去。」〔註157〕龍作為一種象
徵在中國傳統文化裏具有多方面的意涵，人們認為其還有在天上行雨
的職能，而不能正常擔負行雨職能的龍自然被稱為「懶龍」。王端淑剛開
始就敘述當時流離於道路的天氣情況，用「亢陽懶龍鞭不起，焦枯萬山
河無水」來形容當時的極度乾旱情況。這與毛奇齡《閨秀王玉映留篋集
序》的表述相合。如此惡劣的天氣，棲遲於道路，艱難困苦，飲水自知。
　　下面轉換入對毛奇齡詩才的稱頌，看似突然，卻為下面主題書寫

〔註155〕（晉）崔豹撰，古今注・古今注中〔M〕，四部叢刊三編景宋本。
〔註156〕（清）王端淑，名媛詩緯初編・卷四十二・後集下〔M〕，哈佛燕京圖
　　　　書館藏清康熙六年（1667）清音堂刻本。
〔註157〕（宋）祝穆輯；(元)富大用輯，新編古今事文類聚，後集卷三十三・
　　　　鱗蟲類〔M〕，中國國家圖書館藏明內府刻本。

做好準備。長旱之後，夜聞龍吼，風雨驟至，玉映在風雨之中的困頓有誰得知？即使得知，又有幾人能寫成長詩致其哀憫？所謂「人情傾刻秋雲變，誰向峨眉思宛轉」，王端淑被毛奇齡這種同情之心態所感動，以至於「瑤篇不敢置几案，一字一讀增一歎」，雖有所誇飾，但內在的感動不言而喻。

正如上一節所述，毛奇齡《雨中聽三絃子適女士王玉映將之吳下過宿蕭城西河裏因作長句書感卻示》，據鄧之誠考證，當作於順治三年（1646），此時毛奇齡應為 24 歲，正是王端淑所說的「少年獨熾詞壇口」。此年五月，據（康熙）《蕭山縣志》載：「國朝順治三年五月，大旱，運河盡成赤地。至十月，大雨始可行舟。鄉民煮樹皮為食，米價每石四兩。」〔註158〕與上文毛奇齡與王玉映的詩作所顯示的情況正合。我們再引幾條歷史背景材料：是年五月二十五日庚午，清將領博洛率清軍抵杭州，陳兵錢塘江江北岸〔註159〕。是年五月二十七日壬申，清軍攻富陽，北峰山南明守將潘茂斌等敗走，涉江而東。先是因久旱上流乾涸，鄉民導清軍渡江，上猶豫為敢行，及浙東兵涉過，清軍遂以數百騎尾渡過江。本日夜間，南明荊國公方安國擁兵十萬不戰而退，拔營走紹興，率馬士英、阮大鋮劫魯王朱以海南行。次日，江上諸師聞訊俱潰〔註160〕。是年六月初一日丙子，清軍大部渡錢塘江，初二日入紹興，浙東南明官兵棄輜重盡潰〔註161〕。是年六月，清軍迅速平定浙東，破烏義，取東陽，下金華，陷衢州、嚴州〔註162〕。由以上背景資料，我

〔註158〕（清）劉儼修；（清）張遠纂，（康熙）蕭山縣志〔M〕，清康熙十一年刊本。

〔註159〕史松，林鐵鈞編寫；中國人民大學清史研究所編，清史編年·第1卷·順治朝〔M〕，北京：中國人民大學出版社，2000：129。

〔註160〕史松，林鐵鈞編寫；中國人民大學清史研究所編，清史編年·第1卷·順治朝〔M〕，北京：中國人民大學出版社，2000：129～130。

〔註161〕史松，林鐵鈞編寫；中國人民大學清史研究所編，清史編年·第1卷·順治朝〔M〕，北京：中國人民大學出版社，2000：130～131。

〔註162〕史松，林鐵鈞編寫；中國人民大學清史研究所編，清史編年·第1卷·順治朝〔M〕，北京：中國人民大學出版社，2000：132。

們就會明白毛奇齡詩句「可憐兵革滿衢路，欲望西陵過江去。崎嶇宛轉進退難，只恐行來且多誤」的具體含義。再參考毛奇齡此時的經歷，明亡之際（1644），毛奇齡等眾人哭學宮三日。會稽山賊紛起，毛氏奔竄於城南山，與沈禹錫、包秉德、蔡仲光讀書土室。順治二年（1645），清師下江南，杭州失守，明故官紳及世家子弟掀起抗清鬥爭，毛奇齡族人毛有倫招奇齡為西陵軍監軍推官，毛氏力辭不就。毛奇齡因對方馬軍「出言不遜」而「被獲幾陷」。又亡走山寺，因髡首得而免清軍屠戮。後歸，覓得家人於褚里〔註163〕。這是毛奇齡的早年的大致經歷，可以看出毛奇齡在易代之變之中，雖有抗清之活動，但因兵革而造成的艱難苦恨，拊膺泣涕，血淚彷徨之記憶在奇齡之心中是無論如何也抹不去的。因而，有自身的遭遇延展到女性詩人，自然他對女詩人的遭遇飽含著極大的同情之情，一方面，毛奇齡甲申之前就因通家之好，通過點評和唱和的方式與女詩人保持著一種溝通與交流，對於女詩人的才學和創作情況較為熟悉；另一方面，由於自身感同身受，對於女性詩人的遭遇與命運又抱持著深深的同情。艾布拉姆斯說：「同情與移情不同，它表示感情的共鳴，即：不是深入到他人或那些被我們賦予人類感情的非人事物的體內和感知中去體驗，而是與其在精神和情感上產生共鳴。」〔註164〕

〔註163〕（清）毛奇齡，自為墓誌銘，〔M〕//毛西河先生全集·墓誌銘·十一，清嘉慶陸凝瑞堂刊本。

〔註164〕（美）M.H.艾布拉姆斯·傑弗里·高爾特·哈珀姆著；吳松江、路雁等編譯，文學術語詞典（第 10 版）（中英對照）〔M〕，北京：北京大學出版社，2014：209。

第五章　康熙博學鴻儒科與
毛奇齡的文人心態

　　毛奇齡參加了康熙十八年（1679）年的博學鴻儒科考試，其文人心態值得探討。一方面，毛奇齡應招博學鴻儒科的前後的心態有所變化，結合毛奇齡的詩文分析前後的變化，對於瞭解當時士人心態的變化有著重要的作用。毛奇齡在馮溥和李天馥等人的影響之下，漸漸認同清廷的合法統治。雖然在這一過程中，心態也有過微妙的曲折變化。一旦他發現政治的形勢有利於他發揮自己的才學時，他的心態漸漸向清廷靠攏。當然他的同鄉好友蔡仲光、徐芳聲等人對待他應招的態度，往往使得他的心態不是很穩定。另一方面修史心態及學術心態也是文人心態的重要組成部分。對其心態變化的剖析，落腳點仍是其詩文的內容上。

第一節　康熙朝博學鴻儒科的背景及士人們的心態

　　康熙十七年（1678），清廷尚未平定三藩之亂，為了拉攏人心，康熙帝決定在全國開徵博學鴻儒〔註1〕。此年正月乙未，康熙帝命內外官

〔註 1〕關於博學鴻儒的名稱，有人稱之為「博學宏詞」、「博學鴻詞」、「博學鴻才」。毛奇齡對此辯論道：「制科始於兩漢，皆朝廷親試，不涉有司，歷漢、魏、六朝、唐、宋不改。惟唐試科不一，遂分制科與進士及明

舉薦博學鴻儒。我們首先看兩則史料，其一：康熙帝命內外官舉薦時稱：「自古一代之興，必有博學鴻儒，振起文運，闡發經史，潤色詞章，以備顧問著作之選。朕萬幾餘暇，遊心文翰，思得博學之士，用資典學。我朝定鼎以來，崇儒重道，培養人材。四海之廣，豈無奇才碩彥，學問淵通，文藻瑰麗，可以追蹤前哲者。凡有學行兼優，文詞卓越之人，不論已仕未仕，令在京三品以上，及科道官員，在外督撫布按，各舉所知，朕將親試錄用。其餘內外各官，果有真知灼見，在內開送吏部，在外開報督撫，代為題薦。務令虛公延訪，期得真才，以副朕求賢右文之意。」〔註2〕

其二：康熙十八年（1679）二月壬午，康熙帝又諭吏部：「諭吏部：朕以萬幾之暇，留心經史，思得博學鴻儒，備顧問著作之選，故特頒諭旨，令內外諸臣，各舉所知。膺薦人員，已經陸續到部。欲行考試，因天寒晷短，恐其難於屬文，弗獲展厥蘊抱。今天氣已漸融和，應定期考試。所有合行事宜，爾部會同翰林院，詳議具奏。」〔註3〕

三月丙申，清廷試內外諸臣薦舉博學鴻儒一百四十三人於體仁閣，賜宴，試題《璇璣玉衡賦》、《省耕詩》五言排律二十韻。毛奇齡《制科雜錄》記載較為詳實：「三月初一日平明，齊集太和門，以魚貫入，詣太和殿前，鴻臚唱行九叩頭禮畢。是日，上御殿祭堂子回，命諸薦舉人員赴東體仁閣下。太宰、掌院學士捧題出，用黃紙十張，上寫題二道，

經諸科為二。然惟親試者得稱制科，又謂之大科，餘皆非是也。自元明專用進士一科，不用制科，即有薦舉擢用如賢良方正等，皆不經召試，有薦舉而無科目，因誤以進士科為制科，且以八比文為制舉文，而典制與名稱俱失之矣。至是始開科實別於八比，而世仍未之曉也。是時相傳為博學宏詞科。按：博學宏詞為前代科名，此並非是。但世不深考，不曉鴻儒所自出，遂以宏詞當之。即同試與同籍諸公，亦尚有自署其銜為宏詞者，不知鴻儒二字，出自董仲舒《繁露》有云：『能通一經者曰儒生，博覽群書者號曰洪儒。』故其後作《陋室銘》者曰：『談笑有鴻儒。』鴻即洪也，猶古洪水稱鴻水也。」（毛奇齡《制科雜錄》，昭代叢書本）

〔註2〕清實錄·第4冊·聖祖實錄·1〔M〕，北京：中華書局，1985：910。
〔註3〕清實錄·第4冊·聖祖實錄·1〔M〕，北京：中華書局，1985：1013。

放黃帽桌上，跪領題訖，用矮桌列墀下，坐地作文。及已牌，太宰、掌院學士復宣旨云：「汝等俱係薦舉人員，有才學的，原不必考試。但是考試愈顯你們才學，所以皇上十分敬重，特賜汝宴。凡是會試、殿試、館試，狀元、庶吉士，俱沒有的。汝等要曉皇上德意。」宣訖，命起赴體仁閣，設高桌五十張，每張設四高椅，光祿寺設饌十二色，皆大盌高攢，相傳給直四百金。先賜茶二通，時菓四色，後用饅首卷子、紅綾餅、粉湯各二套，白米飯各一大盂。又賜茶訖，復就試。時陪宴者，太宰滿漢二員，掌院學士二員，皆南北向坐，謂之主席，以賓席皆東西向也。餘官提調者，皆不與焉。」〔註4〕康熙帝一度對於士子們的試卷質量產生了疑問：一是詩賦出韻的問題：有以冬韻宮字者（潘耒卷），有以東韻出逢濃字者（李來泰卷），有以支韻之旗誤出微韻之旅字者（施閏章卷）。二是試卷的完整性的問題：有的試者並未完成試卷，卻被列為中卷。三是個別句詞的運用問題：有試卷有「驗於天者，不必驗於地」之語（彭孫遹卷），有試卷有「或問予，曰：『及唯唯否否』」之語（汪琬卷）。四是個別用典出現的問題，如毛奇齡試卷中的「女媧補天」事〔註5〕。馮溥等人一一回答，其中也有敷衍的成分，而康熙帝也有意放過這些事端。儘管博學鴻儒科在當時就受到了嘲諷，劉廷璣《在園雜誌》云：「無如好憎之口，不揣曲直，或多宿怨，或挾私心，或自媿才學之不如而生嫉妬，或因己之未與薦舉而肆蜚讒，一時呼為野翰林。其譏以詩曰：『自古文章推李杜（高陽相國霨，寶坻相國立德），而今李杜亦稀奇。葉公懵懂遭龍嚇（掌院學士方藹），馮婦癡呆被虎欺（益都相國溥）。宿構零騈衡玉賦，失黏落韻省耕詩。若教此輩來修史，勝國君臣也皺眉』。」〔註6〕但已未博學鴻儒科客觀上起了一定作用，所謂「制科之開，漢、滿之融合關紐也」〔註7〕。

〔註4〕　（清）毛奇齡，制科雜錄〔M〕，昭代叢書本。
〔註5〕　（清）毛奇齡，制科雜錄〔M〕，昭代叢書本。
〔註6〕　（清）劉廷璣撰；張守謙點校，在園雜誌〔M〕，北京：中華書局，2005：37。
〔註7〕　孟森著，明清史論著集刊〔M〕，北京：中華書局，1959：500。

　　博學鴻儒科錄取的名單如下：一等：彭孫遹、倪燦、張烈、汪霦、喬萊、王頊齡、李因篤、秦松齡、周清原、陳維崧、徐嘉炎、陸菜、馮勖、錢中諧、汪楫、袁祐、朱彝尊、湯斌、汪琬、邱象隨。二等：李來泰、潘耒、沈珩、施閏章、米漢雯、黃與堅、李鎧、徐釚、沈筠、周慶曾、尤侗、范必英、崔如岳、張鴻烈、方象瑛、李澄中、吳元龍、龐塏、毛奇齡、金甫、吳任臣、陳鴻績、曹宜溥、毛升芳、曹禾、黎騫、高詠、龍燮、邵吳遠、嚴繩孫。

　　清初士人們對於博學鴻儒科的開徵的心態是怎樣的？探索其心態對於我們瞭解那段歷史有著莫大的幫助。初上述所列登第之人外，竹村則行根據秦瀛《己未詞科錄》劃分為：臨試告病者二人、丁憂未與試者十四人、未試病故者三人、未試致仕者一人、患病行催不到者十四人、到京稱疾不與試者二人、與試未用者九十五人、辭不就者十二人、後期未試者二人、入舉不及期者一人、補遺二人（辭薦不就）〔註8〕。

　　為了便於行文，本文把士人分成四類，分別分析他們的心態。第一類士人則是堅決推辭，並無應召之意，以顧炎武、黃宗羲等人為代表。關於顧炎武的生平事蹟，全祖望在《亭林先生神道表》中云：「既抱故國之戚，焦原毒浪，日無寧晷。」〔註9〕顧炎武對待戊午博學鴻儒之詔極為決絕，「戊午大科詔下，諸公爭欲致之，先生豫令諸門下之在京者辭曰：『刀繩具在，無速我死。』」〔註10〕亭林對舉薦之事，以死相答，可見其決絕的心態。對待明史館修《明史》之招，「貽書葉學士

〔註8〕（日）竹村則行，康熙十八年博學鴻詞科與清朝文學的起步〔M〕//武漢大學中國傳統文化研究中心編，科舉文獻整理與研究·第八屆科舉制與科舉學國際學術研討會論文集，武漢：武漢大學出版社，2013：315。

〔註9〕全祖望撰，全祖望集匯校集注·1〔M〕，上海：上海古籍出版社，2018：228。

〔註10〕全祖望撰，全祖望集匯校集注·1〔M〕，上海：上海古籍出版社，2018：231。

訒庵請以身殉，得免。」〔註11〕賈崒在《己未詞科錄》中引常熟吳龍錫之詩：「終南山下草連天，種放猶慚古史箋。到底不曾書鶴板，江南惟有顧書年。」〔註12〕此詩大意是說顧炎武本人堅持氣節，終其一生未曾改變初衷，在江南士子中獨樹一幟。黃宗羲也許沒有顧炎武那麼決絕，但是與清廷還是想劃清界限。全祖望《梨洲先生神道碑文》云：「康熙戊午，詔徵博學鴻儒。掌院學士葉公方藹以詩寄公，從臾就道〔註13〕。公次其韻，勉其承莊渠魏氏之絕學，而告以不出之意。葉公商於公門人陳庶常錫嘏，曰：『是將使先生為疊山、九靈之殺身也。』而葉公已面奏御前。錫嘏聞之大驚，再往辭，葉公乃止。」〔註14〕「疊山」為南宋謝枋得的號，南宋滅亡之後，元朝徵召謝枋得，枋得不從，絕食而死。「九靈山人」為元朝戴良的號，洪武間曾被召至京師，後自殺身亡。陳錫嘏是在警告葉方藹，如清廷逼之太甚，梨洲也會步謝枋得、戴良之後塵，以死抗爭。陳錫嘏是黃宗羲的門人，其所作的宣誓應該出於黃本人的旨意。關於顧炎武、黃宗羲對待新朝的心態，孟森在《己未詞科錄外錄》一文中說：「時天下名士推亭林、黎洲。黎洲雖不赴，猶遣子代應史館之聘。潔身事外者獨有亭林，要其著書立說，守先待後，亦無復仇視新朝之見矣。」〔註15〕雖孟先生此論亭林之言，有待商榷，但也指出了亭林與梨洲雖都有堅持，但在行事與心態上有細微的差別。

　　還有一種士人是在清廷的逼迫之下，勉強應徵，應徵後又辭去，以示不合作的態度，清廷利用其聲名的目的也已經達到，也樂見其成，聽其行事。以傅山、李因篤等人為代表。關於傅山，全祖望《陽曲傅先

〔註11〕全祖望撰，全祖望集匯校集注‧1〔M〕，上海：上海古籍出版社，2018：231。
〔註12〕（清）秦瀛輯，己未詞科錄〔M〕//周駿富輯，清代傳記叢刊14，明文書局，1985：489～490。
〔註13〕案：《全祖望集匯校集注》此處「叀」字，應為「慫」，「慂」的異體字。
〔註14〕全祖望撰，全祖望集匯校集注‧第1冊〔M〕，上海：上海古籍出版社，2018：220。
〔註15〕孟森著，明清史論著集刊〔M〕，北京：中華書局，1959：517。

生事略》云：「戊午，天子有大科之命，給事中李宗孔、劉沛先以先生薦，時先生年七十有四，而眉以病先卒，固辭，有司不可。先生稱疾，有司乃令役夫舁其牀以行，二孫侍。既至京師三十里，以死拒，不入城。於是益都馮公首過之，公卿畢至，先生臥牀不具迎送禮。蔚州魏公乃以其老病上聞，詔免試，許放還山。時徵士中報罷而年老者，恩賜以官。益都密請以先生與杜徵君紫峰雖皆未豫試，然人望也，於是亦特加中書舍人以寵之。益都乃詣先生曰：『恩命出自格外，雖病，其為我強入一謝。』先生不可。益都令其賓客百輩說之，遂稱疾篤，乃使人舁以入，望見午門，淚涔涔下。益都強掖之使謝，則仆於地。蔚州進曰『止，止，是即謝矣。』次日遽歸，大學士以下皆出城送之。先生歎曰：『自今以還，其脫然無累哉？』既而又曰：『使後世或妄以劉因輩賢我，且死不瞑目矣。』聞者咋舌。」〔註16〕清廷對傅山的禮遇讓人「咋舌」，傅山的表現更讓人「咋舌」。馮溥和魏象樞等人極力拉攏，意在顯示朝廷的寬宏大量，藉以收買人心，實現政局穩定。其兩人背後的主謀康熙帝的動機，應是他們行事的準則。而傅山本人卻不想配合他們拙劣的表演，內心也想盡快結束這場鬧劇，他不想以後再有任何麻煩干擾到他。另外，他內心不想讓世人把他看做像由宋入元的劉因一樣的人物，總之，他像顧亭林評價那樣「蕭然物外，自得天機」〔註17〕的人物。孟森先生引傅山《老眼》詩，評價云：「鴻博試以逃免為幸，而探得舊書，乃是唐王時辟召，則開卷可起衰顏，喜秉彝之未泯。又深譏王猛，當是指洪承疇輩。不仕羌胡之意，堅決如此。」〔註18〕看來，傅山是鐵了心，不與清廷合作，對於洪承疇之流深惡痛絕，所以才有上述表現。

　　李因篤和傅山情況略有不同，他是參加了博學鴻儒考試，列第一

〔註16〕全祖望撰，全祖望集匯校集注・第1冊〔M〕，上海：上海古籍出版社，2018：483～484。

〔註17〕全祖望撰，全祖望集匯校集注・第1冊〔M〕，上海：上海古籍出版社，2018：484。

〔註18〕孟森著，明清史論著集刊〔M〕，北京：中華書局，1959：499～500。

等第七名，授翰林院檢討。秦瀛在《己未科詞錄》中云：「先生與顧寧人先生交，並高其不仕之節，薦舉非其志也。授官後，寧人有答先生書云：『老弟雖上令伯之章，恐未見聽。』蓋知己之期之者厚矣。」〔註19〕李因篤接連上疏，要求回家終養其母親，他在《告終養疏》中這樣說：「隨以三月初一日，扶病考試，蒙皇上拔之前列，奉旨授臣翰林院檢討，與臣同官纂修《明史》。聞命悚惶，忝竊非分。臣衡茅下士，受皇上特達之知，天恩深重，何忍言歸。但臣於去秋入京，奄更十月。數接家信，云臣母自臣遠離膝下，哀痛彌侵，晝夜思臣，流涕無已，雙目昏眊，垂至失明。」〔註20〕李因篤確實需要回去照顧母親，但這應該還不是最深層次的原因，其內心仍舊是不與清廷合作的堅定信念，顧炎武對其心態產生了巨大的影響。

　　另外一類是應招並獲登第，與清朝統治者進行了合作，以毛奇齡、施閏章為代表。關於毛奇齡，我們下節詳論。而關於施閏章，其《試鴻博後家書十四通》是瞭解其心態最好的材料。其二云：「試卷傳出，都下都紛紛訛言，皆推我第一名，久之，半月後方閱卷。我絕不送卷與內閣諸公。初亦暗取在上上卷，列三五名中；後因詩結句有『清彝』二字嫌觸忌諱，竟不敢錄。得高陽相公爭之曰：『有卷如此，何忍以二字棄置，此不過言太平耳。倘奉查詰。吾當獨任之。』于是姑留在上上卷第十五名。又推敲停閣半月，則移在上卷第四。皆此二字作祟也！今□傳案出，又改上上為一等、上卷為二等矣。我平日下筆頗慎，獨此二字不及覺，豈非天哉？上意本極隆重，今不收入翰林，概發史局修明史。是第一難題目。雖聞已下銓部議授職銜，冷淡可想。將恐勞而無功，不知作何下落。照初取一等二十六名、二等五十一名，今重經欽定，兩等共止五十名，又甚珍惜。愛我者多以我名次為怏怏，非知我者也！高才博

〔註19〕（清）秦瀛輯，己未詞科錄〔M〕//周駿富輯，清代傳記叢刊14，明文書局，1985：109。

〔註20〕（清）李因篤，受祺堂文集〔M〕//《清代詩文集彙編》編纂委員會編，清代詩文集彙編・124，上海：上海古籍出版社，2010：7～8。

學遠出吾上而見放者甚眾，吾既犯嫌忌而復收之亞等，過望矣。恨衰老空疏，不任筆札，博聞冷之空銜，而抱骨肉之永痛，不如徑置局外，得浩然歸耳。我自聞叔祖事，淚盡目昏，極不耐書，恐汝等不知曲折，故具詳之，勿以示他人，徒滋笑柄也。三月二十九日。」〔註21〕施閏章詩學主張溫柔敦厚，亦如其為人。其家書無不寫其謹慎之性格：一是對於試卷「清彝」二字一直惴惴不安，惟恐觸及清廷忌諱；二是書寫有所失誤而又收穫二等第四名，有內心的僥倖，更多的是惶恐慚愧，恐只博得虛名空銜，未能切實地參與修史等事項，如有如上空名，還不如浩然物外，不參與博學鴻儒為好；三是恐初家人外的其他人知道其內心的曲折，以貽笑柄。

　　還有一種是應招並下第，以閻若璩、田雯為代表。起初閻若璩對博學鴻儒還抱著一種不切實際的幻想：「見開送單，有仁和吳志伊，深快人意……作字與季貞云：『安得將杜于皇濬、閻古古爾梅周茂三容、姜西溟宸英、彭躬菴士望、邱邦士維屏顧景范祖禹、劉超宗某、顧寧人炎武、嚴蓀友繩祖、彭爰琴桂、顧梁汾貞觀，一輩數十人，盡登啟事，齊集金馬門，真可賀野無遺賢矣。』不肖雖旦夕填溝壑，猶含笑語出血，誠至性，非汎汎，故並錄聞」〔註22〕他想著和這些人一起參與博學鴻詞徵召，清廷也落得個「野無遺賢」的美稱。但是現實卻是殘酷的，毛奇齡在《送潛丘閻徵君歸淮安序》云：「會天子開制科，舉天下強彊有學之士，徵車四出，其在淮則潛丘君首應之，予得相見于京師。觀其所著書，夥頤哉！言洋洋乎，而乃不見用而罷。值司寇徐公承命修天下志書，未成，聘潛丘君掌其局，多所論著，而既而謝去。」〔註23〕潛丘應該是下第之後，鬱鬱寡歡，無處施展抱負，因而「既而謝去」。

〔註21〕（清）施閏章撰；何慶善，楊應芹點校，施愚山集‧4〔M〕，合肥：黃山書社，1993：124～125。

〔註22〕（清）閻若璩，與劉超宗書〔M〕//閻若璩，潛丘箚記‧卷六，清文淵閣四庫全書本。

〔註23〕（清）毛奇齡，毛西河先生全集‧序‧卷二十四〔M〕，清嘉慶陸凝瑞堂刊本。

內藤湖南說：「康熙帝時開博學鴻詞科，將那些在普通進士考試中落榜，但又有真學問的優秀學者由地方推薦，通過別試予以登用。閻若璩對這些人則一概罵倒，幸免者惟有吳任臣等數人而已。」〔註 24〕閻若璩罵倒這些人應該有著自己的心理動機，從內心深處他有著強烈的登第願望，並對自己的才學有足夠的信心。但事與願違，從而對登第的鴻博之士採取了側目而視的態度。康熙三十八年（1699）康熙帝南巡，閻若璩獻《恭呈御覽詩》八首，其二云：「體仁閣下試，荏苒廿年餘。賜宴施珍籩，裁詩就玉除。」〔註 25〕閻若璩還念念不忘此事，所謂「云體仁閣下試，荏苒廿年餘者，自己未試鴻博，至此凡二十一年也。」〔註 26〕這也許是提醒康熙帝，六十四歲的閻若璩仍「壯心不已」。

第二節　毛奇齡應招博學鴻儒科前後的心態變化

　　毛奇齡在博學鴻儒前後心態的變化，值得探討。在應招之前，他的心態雖和不少明遺民的心態不一樣，但也堅決推辭，他曾三上辭徵檄揭子，態度較為堅定。但是應招之後，毛奇齡的態度發生微妙的變化，其記錄博學鴻儒科始末的著作《制科雜錄》逗露了毛奇齡的心跡。四庫館臣認為此書：「中多露才揚己之詞，且有恩怨是非之語。猶是前代門戶餘習，不盡足據也。」〔註 27〕毛奇齡在馮溥和李天馥等人的影響之下，漸漸認同清廷的合法統治。雖然在這一過程中，心態也有過微妙的曲折變化。一旦他發現政治的形勢有利於他發揮自己的才學時，他的心態漸漸向清廷靠攏。當然他的同鄉好友蔡仲光、徐芳聲等人對待他應招的態度，往往使得他的心態不是很穩定。

〔註 24〕　（日）內藤湖南著；馬彪譯，中國史學史〔M〕，上海：上海古籍出版社，2017：251
〔註 25〕　（清）閻若璩，潛邱箚記・卷六〔M〕//《清代詩文集彙編》編纂委員會編，清代詩文集彙編・141，上海：上海古籍出版社，2010：204。
〔註 26〕　（清）張穆撰；鄧瑞點校，閻若璩年譜〔M〕，北京：中華書局，1994：104。
〔註 27〕　（清）永瑢等，四庫全書總目〔M〕，北京：中華書局，1965：719。

　　首先，我們先分析其應招之前的心態。我們在第一章毛奇齡的生平中提到，康熙十七年（1677）福建布政使吳興祚首先舉薦毛奇齡應博學鴻儒科，毛奇齡有《復謝福建吳觀察薦舉書》：「特某奔走半生，了無可見，其為四方君子遐棄，亦既多日。近絃續書來，驛傳閣下以新奉上諭，循求天下博學之士，謬薦及某，甚為駴怖。」〔註28〕此時毛奇齡在上海任辰旦處，聽到這個消息，甚為驚訝戒懼。因為在此之前，毛氏還四處流亡，四方之士大多拒絕與其往來。而此時，吳興祚卻要薦舉自己，這裡也許暗含著情形轉換太快，一時難以適應之意，但此處的心態仍舊是驚訝戒懼。毛奇齡把自己比作「麋鹿」和「猿猱」，「野性」十足，無法羈縻。毛奇齡拒絕的原因是：「都會在前，足未涉而心已驚也。今無論宏才碩學，某實無有。而即欲一至長安，望入雲之闕，踐如霞之陛，目眩青規，心顫黃屋，使其不瞀亂狂走，鮮矣。《禮》曰：儒有可珍，必忠信以待舉，力行以待取。今實無可舉可取之素，而謬膺進獻，則忠信不足，何況力行？」〔註29〕毛奇齡引《禮記》之《儒行》第四十一，魯哀公向孔子問儒行之義，孔子回答說：「儒有席上之珍以待聘，夙夜強學以待問，懷忠信以待舉，力行以待取，其自立有如此者。」〔註30〕其大意是：儒者能夠鋪陳往古堯舜等賢君的善道，以待聘用；儒者能夠夙夜學習，以待徵詢；儒者能夠懷有忠信，以待推舉；儒者能夠踐行自己主張與抱負，以待徵用。毛奇齡認為自己才學不足，忠信不足，力行更不足，所以沒有這些素質，假若徵入長安，必然頭暈目眩，瞀亂狂走，因而就沒必要薦舉自己了。平心而論，毛奇齡對自己的才學應該是有足夠的自信，毛奇齡在淮上倚醉，賦《明河篇》，洋洋灑灑，凡六百餘言，誰能相信其才學不足呢？且「大小毛生」早就聞名，陳子龍評

〔註28〕（清）毛奇齡，復謝福建吳觀察薦舉書〔M〕//毛西河先生全集・書・四，清嘉慶陸凝瑞堂刊本。

〔註29〕（清）毛奇齡，復謝福建吳觀察薦舉書〔M〕//毛西河先生全集・書・四，清嘉慶陸凝瑞堂刊本。

〔註30〕（唐）孔穎達，禮記正義・卷五十九〔M〕//十三經注疏・5，臺北：藝文印書館，2007：974。

其文為「才子之文」，絕非虛譽。因而「才學不足」應是託詞，「忠信不足」、「力行更不足」則也有些勉強之處，毛奇齡從小就受儒家教育，忠恕之道耳熟能詳。雖然在很多人看來，毛奇齡德行出了問題。但毛奇齡被迫流亡，大半原因是其口無遮攔的性格和流離的社會背景有關，包括貶低毛氏的章太炎也承認：「其少壯苦節，有烈士風」〔註31〕，當然章氏為了強調毛氏是「兩截人」才這樣說的。我們強調的是，「忠信不足」、「力行更不足」也應該不是毛氏強調的重點。

在儒家文化中，忠信篤行並不是教條式的存在，士子們包括毛奇齡在內都應該想努力地踐行這種信仰。後來毛奇齡請急歸里，以後以經學考訂為務，也不無和儒家的這種信仰有關。毛奇齡在這封書信裏接著說道：「況博學之舉，實本制科。在漢初，天子親試，有先後而無得失，而其既有司行事，十取一二，故薦引雖多，而被錄甚少。今則徵車滿天下矣。續食而入，萬不敵夫躄屬之出，他日將車不能，都養不可，一出一入，必至流落。」〔註32〕這應該就是毛氏關注的地方，制科考試在漢代就已舉行，並不稀奇，問題就在於制科考試錄取人數較少，還有一個的問題還在於落第後的去處是集中的關注點。毛奇齡對歷史非常熟稔，對制科考試的來龍去脈相當熟悉。也許毛奇齡背後的心理活動是：假若參與了清廷的博學鴻儒考試，那就會冒一定的風險，一身事兩朝，失節應該考慮的首要問題。毛奇齡應召之後與蔡仲光、徐芳聲等人微妙關係，應該證明，毛奇齡事先不可能不想到這一點。其次假如冒了這種風險，又落了下第的命運，更是雙重困境。還有一點毛奇齡參與過抗清鬥爭，這個也是在他考慮之內的。他沒法把所有的心理活動向山陰人吳興祚報告，於是他只能用制科錄取人數較少，落第就會陷入淪落的境地進行推脫。

〔註31〕 朱維錚校點，訄書重訂本〔M〕//章太炎全集（第一輯，上海：上海人民出版社，2014：344。

〔註32〕 （清）毛奇齡，復謝福建吳觀察薦舉書〔M〕//毛西河先生全集，書．卷四，清嘉慶陸凝瑞堂刊本。

而後，分巡寧紹臺道許弘勳、兩浙撫軍陳秉直、浙江布政使李士禎交相薦舉，毛奇齡三上辭徵檄揭子。按照《復謝福建吳觀察薦舉書》定下的「基調」，在這些揭子裏，毛奇齡圍繞自己「無學」和「多病」，展開自己觀點，以求開脫。如在《奉辭徵檄揭子》中說：「夫既求博學，則苟聰明不如應奉，博記不如張安世，一覽能通不如楊愔、陸倕、邢邵、夏侯榮，皆不可漫應是選，而況文章才藻堪備著作，誰則如潘、陸之榮茂，鄒、枚之敏麗，揚雄、司馬相如之閎達，賈誼、晁錯、董仲舒、康衡、劉向之昌明博大。」〔註33〕反觀自己，與上述之人自然是「下之又下」，所謂「而漫葰及甡，是使天下笑無人也」〔註34〕。這和我們在《復謝福建吳觀察薦舉書》中分析的一樣，毛奇齡強調才學的不足，以求能夠在薦舉中解脫。

再如《再辭徵檄揭子》云：「甡本無學，幼時讀賈誼疏數過，頗有記憶，而旬日忘之。家無藏書，借讀於邑之有書者，後且賣舊所貽書以給衣米，即《易經》、《左傳》、《漢書》、《楚詞》、《戰國文》諸書，俱不留一卷，間借讀他史及列代諸有名文集，讀一過又不得再三讀，其胷中中無學亦已可知。」〔註35〕而毛奇齡認為那些認為自己有才學的人，往往是匿愛奇齡之人，不足為據。當然這次與上文提到不同的是，上文強調制科錄取人數太少，這次強調制科還有一個缺陷，他提醒清廷統治者：「昔唐宋制科，原有『宏詞博學』、『茂才拔萃』諸名，而究其所以應之者，非疏淺庸劣，即荒昧寡學。夫是以重其名而未嘗不惜其實也。豈有皇皇大廷，特詔選士，而可仍蹈其轍者。」〔註36〕當然，毛氏的立足點是在自己身上，告訴他們：不要徵選向我這樣才學疏淺之人，

〔註33〕（清）毛奇齡，奉辭徵檄揭子〔M〕//毛西河先生全集·揭子〔M〕，清嘉慶陸凝瑞堂刊本。

〔註34〕（清）毛奇齡，奉辭徵檄揭子〔M〕//毛西河先生全集·揭子〔M〕，清嘉慶陸凝瑞堂刊本。

〔註35〕（清）毛奇齡，再辭徵檄揭子〔M〕//毛西河先生全集·揭子〔M〕，清嘉慶陸凝瑞堂刊本。

〔註36〕（清）毛奇齡，奉辭徵檄揭子〔M〕//毛西河先生全集·揭子〔M〕，清嘉慶陸凝瑞堂刊本。

要不然也會重蹈唐宋制科的覆轍。當然字裏行間，卻透露著一種「露才揚己」的味道。而在康熙十二年（1673）的蕭山生員考試中，連試下等。這個也被毛奇齡當作自己無學的理由。《三辭徵檄揭子》云：「然而通不過一經，試不越七藝，窮年矻矻，無暇他及。又且稍為媮惰，則其所為一經者，茫然荒落，往往臨比，則第摘其文之可為題者，口誦心記，是亦苦矣。迄於今，猶然漫無所成，而荏苒逮老。」〔註37〕「臨比」應該說得是科舉考試，需要做八股文，毛氏本人因為長期流亡在外，無暇顧及此種文體的寫作，所以每每落得下等，這正是其無學的最好證明。

　　毛奇齡把「多病」，也當做辭召的理由。毛奇齡在《奉辭徵檄揭子》中說：「牲貧困之久，嘗得心疾，偶經勞瘁，間日便發，雖曰駑胎下賤，苟足使伯樂一顧，可增價十倍。然病馬棄野，筋敝力耗，終無所用。」〔註38〕在《再辭徵檄揭子》中說：「牲少丁貧困，中經流離，憂勞過度，心嘗怔忡。不特長大問學了無可稽，即少時記誦，明在心凹，每當疾發，便暗窅瞀瞀，浹月累日，展轉怳惚，有似狂人。今則病且日作矣。」〔註39〕

　　聯繫到《復謝福建吳觀察薦舉書》，我們論及毛奇齡隱含的心態，失節與下第等問題。而毛奇齡認為諸司如此催促，肯定認為自己以無學與老病推辭，有作偽的嫌疑。所謂與山林徵召隱士相似，以退為進，有自高其名之嫌。毛奇齡對此辯解道：「凡臺下之所以堅持絞急不肯牲辭者，必以牲之辭為謬漫不可信也。夫世亦誠有欲得而故為辭者，且夫下士貢身，不如避人，躁進之有失，反不若退讓者之有得，則辭者或即所以為得之之地。故薛戎為李衡所辟，三返始應，世每稱巧于用讓。而牲則不然，牲本污下，依人乞食，曾無介行之可以自見。又此事雖奉明

────────────

〔註37〕　（清）毛奇齡，三辭徵檄揭子〔M〕//毛西河先生全集·揭子〔M〕，
　　　　　清嘉慶陸凝瑞堂刊本。

〔註38〕　（清）毛奇齡，奉辭徵檄揭子〔M〕//毛西河先生全集·揭子〔M〕，
　　　　　清嘉慶陸凝瑞堂刊本。

〔註39〕　（清）毛奇齡，再辭徵檄揭子〔M〕//毛西河先生全集·揭子〔M〕，
　　　　　清嘉慶陸凝瑞堂刊本。

詔，旁求若渴，然究非山林聘召，安車束帛之比，即強顏固辭，無所明節。且拔茅連茹，薦引滿朝，旬日之間，動累十百，即四輩敦趣，仍不過一大科赴試舉子，其見擢與否，全未可定，怡然就之不為多，拂衣去之不為少，曹出曹入，何關進退。若以為必辭而後得，則與甡同辭者皆業蒙見許，萬一甡同在許中，不幾已失。然則甡辭之，必無虛假，亦可驗矣。〔註40〕毛奇齡認為有幾點證明自己不是作偽：一是本人就是污下之人，四處流亡，並無耿直高潔的操行，如唐之薛戒的品性。所以以無學及老病辭，並不是欲高其節，以退為進；二是奇齡本人和山林隱士徵召不能相提並論，隱士也是故高其名，所以才能獲得更多資本，而自己明顯與他們不同。三是此次博學鴻儒徵召人數過多，登第與否還是疑問，所以堅持推辭與大局無礙，也無關乎進退。四是還有一種證據就是，假若有以退為進這種想法的話，而現在有很多人的推辭已被許可了，萬一自己的推辭也被許可了，那自己以退為進的夢想豈不是破滅了？由此可見，本人推辭並不是作偽。

　　當然，毛奇齡的想法沒有被批准，「是年戊午，舉鄉試。撫軍將監臨廻避，而慮予不行。乃以覆部咨文當驛入者，故令本人親齎之，遣官吏持咨到家，從門中投入竟去，不得已就道。」〔註41〕而毛奇齡瀕行，蔡仲光與徐芳聲（字徽之，浙江蕭山人，生平見毛奇齡《徐徵君墓誌銘》）各有詩文贈行，徐鼒《小腆紀傳》云：「芳聲、仲光各為詩文贈其行，寓意切劘」〔註42〕。毛奇齡本人則說：「既後，甡受聘應制科，君（徐芳聲）留甡不得，乃為文一篇授甡，寓切劘之意。」〔註43〕《明代千遺民詩詠》卷一云：「赫赫徐蔡名，蕭山兩高士。毛生應制科，各贈

〔註40〕（清）毛奇齡，三辭徵檄揭子〔M〕//毛西河先生全集·揭子〔M〕，
　　　　清嘉慶陸凝瑞堂刊本。
〔註41〕（清）毛奇齡，自為墓誌銘〔M〕//毛西河先生全集·墓誌銘·卷十一，
　　　　清嘉慶陸凝瑞堂刊本。
〔註42〕（清）徐鼒撰，小腆紀傳〔M〕，中華書局，1958：587。
〔註43〕（清）毛奇齡，徐徵君墓誌銘〔M〕//毛西河先生全集·墓誌銘·卷八，
　　　　清嘉慶陸凝瑞堂刊本。

詩一紙。詩中作何語，寓意伸妙旨。當年金石友，翁張殉義死。子將成貴人，他日勿來此。嗟哉徐徽之，竟終貞節裏。子伯樓一樓，尚嫌避俗人。」〔註44〕翁為翁德洪（字纖若，為毛奇齡少時好友。後與朱大典抗清而戰死）張為張彬，為毛奇齡好友，也有義舉。今徐芳聲詩文集今不見，而檢蔡仲光《謙齋文集》、《謙齋詩集》，並沒有所謂毛奇齡赴徵，仲光贈「寓切勵之意」之詩文，也有可能避清廷文字之禍，相關作品被刪掉。而蔡仲光與徐芳聲都是毛奇齡的好友，毛奇齡云：「予竄身城南山，與同縣沈七、包二先生、蔡五十一仲光為四友。」〔註45〕又云：「同邑毛甡、周晉民每過君（徐芳聲），君善之，作忘年交。甡善音律，嘗就君講五音、七始、九聲、十二律之學，歷十晝夜，大有契。」〔註46〕那麼，這種「切勵之意」應指的是勸毛奇齡不要赴博學鴻儒科的徵召，應守住明遺民的氣節，一身不事兩朝。而徐、蔡二人對於博學鴻儒堅決辭召。毛奇齡在《徐徵君墓誌銘》中云：「嘗謁益都相公于私宅之後堂，升階見左廂朱扉大書『蕭山徐芳聲，字徽之，蔡仲光，字子伯』十四字於扉中。會天子恢復西南疆，大赦，詔徵天下山林隱逸之士。侍讀湯斌、侍講施閏章各以君名薦之益都相公。益都相公將上之，適部頒舉例，當由外入，責之郡縣官。蕭山知縣姚文熊，益都相公所取士也。公特發書幣，遣文熊親造請到門，而君與仲光竝卻之，乃已。」〔註47〕

　　關於馮溥書二人名字於朱扉間的事情，蔡仲光卻認為：「易齋相公過聽足下（毛奇齡）之言，親書名字於柱對間。」〔註48〕其說法與毛

〔註44〕　（清）張其淦撰；（清）祁正注，明代千遺民詩詠〔M〕//周駿富主編，
　　　　清代傳記叢刊・66，臺北：明文書局，1985：67。
〔註45〕　（清）毛奇齡，自為墓誌銘〔M〕//毛西河先生全集・墓誌銘・卷十一，
　　　　清嘉慶陸凝瑞堂刊本。
〔註46〕　（清）毛奇齡，徐徵君墓誌銘〔M〕//毛西河先生全集・墓誌銘・卷八，
　　　　清嘉慶陸凝瑞堂刊本。
〔註47〕　（清）毛奇齡，徐徵君墓誌銘〔M〕//毛西河先生全集・墓誌銘・卷八，
　　　　清嘉慶陸凝瑞堂刊本。
〔註48〕　（清）蔡仲光，謙齋文集・卷八〔M〕//《清代詩文集彙編》編纂委員
　　　　會編，清代詩文集彙編・43，上海：上海古籍出版社，2010：316。

奇齡在《徐徵君墓誌銘》中的說法有細微區別。姑且不論。另，蔡惟慧《大敬公傳》云：「十七年，開博學宏詞科，毛奇齡以徵辟赴，問於先生，先生曰：『各行其志矣，不必問也。』」〔註49〕要之，此兩人對清廷的態度對毛奇齡的心態應該有影響。毛奇齡赴召之後曾寫過《書簡末寄徵之大敬二兄》：鳳城新雨餘，涼氣襲衣帶。潋潋銅溝鳴，宛若水下瀨。何為坐煩縟，宮漏日相待。故園松檜間，灌莽迷薆蔚。我有老同硯，名者徐與蔡。奇文埽人荒，高曠出天外。投簪願追隨，欲去轉留礙。長跪作素書，飛鴻渺何在？」〔註50〕投簪高邁，棲於山林，追隨徐、蔡也許也是一個不錯的選擇，但毛奇齡內心卻有障礙，正像他在《復蔣杜陵書》中所說：「某原揣今年告歸，而益都老師過愛之切，為聘一貧家女為後嗣計，是以羈絆不果。」〔註51〕而這並不是主要原因，關鍵還是在於毛奇齡的內心的態度是否堅定。蔡仲光在毛奇齡赴召之後，與毛氏有書信來往，這些都保存在《謙齋文集》裏。毛奇齡《西河文集》卻沒有收兩人之間的任何書信。這些書信也可以證明蔡仲光對於毛奇齡的影響，我們在下文中會有論及。

在赴徵的路上，毛奇齡遇到了好友徐咸清（字仲山，浙江上虞人，生平見毛奇齡《徵士徐君墓誌銘》）。毛奇齡《遇徐二咸清同赴徵車有贈》云：「幸附南州辟，同為捧檄行。名高重孺子，親死媿毛生。戲珮當年意，車徒此日情。治安如有疏，切勿效縱橫。」〔註52〕孺子應為徐孺子，東漢人，屢被薦舉，卻堅持不就，為「南州高士」。而「毛生」應指奇齡本人，蔡仲光有《毛甡四表初度》詩，其《序》云：「甡時有母夫人

〔註49〕 （清）蔡仲光，謙齋文集·卷首〔M〕//《清代詩文集彙編》編纂委員會編，清代詩文集彙編·43，上海：上海古籍出版社，2010：155。

〔註50〕 （清）毛奇齡，書簡末寄徵之大敬二兄〔M〕//毛西河先生全集·五言格詩·卷一，清嘉慶陸凝瑞堂刊本。

〔註51〕 （清）毛奇齡，復蔣杜陵書〔M〕//毛西河先生全集·書·卷八，清嘉慶陸凝瑞堂刊本。

〔註52〕 （清）毛奇齡，遇徐二咸清同赴徵車有贈〔M〕//毛西河先生全集·五言律詩·卷六，清嘉慶陸凝瑞堂刊本。

之喪，而尊大人年且八十。」〔註53〕而《蕭山毛氏宗譜》云：（毛秉鏡）卒於康熙乙巳十二月十九日，年八十。」〔註54〕由此證明，毛奇齡父親即在母親去世不久就離世了。所謂「親死魄毛生」應指的是，毛奇齡對待雙親的離世感到愧疚，因為康熙乙巳左右，毛奇齡在外流亡，及窆之日，未能親臨。這兩句當然是很感傷的話，沒能做到像徐孺子的那樣高風亮節，對待父母也未能盡孝。「黻珮當年意，車徒此日情」，「黻」應指繫印的絲帶，「黻珮」則代表出仕的意思。當年就有一些濟世抱負，沒想到今天就在赴徵召的路上。雖然清人是外族，對其要抱著一種防備的心態；雖然有「夷夏之大防」之傳統觀念，免不了有失節的罵名。

此時的毛奇齡的心態應該是複雜的，不能因此詩就說明毛奇齡轉而向清廷靠攏。毛奇齡還有一首《北征同徐二咸清途中作》：「河亭雨後換征裾，淮海相逢在道隅。洗馬有情堪並轡，買臣無力可將車。才高自著幽通賦，老去難傳却聘書。借問同行舊徐樂，漢庭對策果何如。」〔註55〕這首詩奇齡以朱買臣自比，應強調在年輕之時便遭遇困厄，其艱難處境與買臣相似。以徐咸清比西漢徐樂，徐樂為西漢人，始為布衣，後向漢武帝建言，獲得重用。但我們也不能就此說奇齡對於向清廷獻策有很大期待，只能說毛奇齡對於前途、命運仍是較為茫然的狀態。

毛奇齡於康熙十七年九月到京，馮溥為其闢館相待，所謂「揭板倒屣，延入為賓客」〔註56〕。馮溥對於毛奇齡的影響與幫助是多方面的，簡單地概括一下，體現在如下幾個方面：一是通過詩詞倡和等活動，溝通感情，幫助轉變其心態。毛奇齡一到京師，就大集諸門下士，

〔註53〕（清）蔡仲光，謙齋詩集·卷七〔M〕//《清代詩文集彙編》編纂委員會編，清代詩文集彙編·43，上海：上海古籍出版社，2010：521。

〔註54〕（清）毛黼亭修纂，蕭山毛氏宗譜·卷四〔M〕，上海圖書館藏清蕭山爵德堂木活字本。

〔註55〕（清）毛奇齡，遇徐二咸清同赴徵車有贈〔M〕//毛西河先生全集·七言律詩·卷八，清嘉慶陸凝瑞堂刊本。

〔註56〕（清）毛奇齡，益都相公佳山堂詩集序〔M〕//佳山堂詩集，清代詩文集彙編·29，上海：上海古籍出版社，2010：514。

毛奇齡在《萬柳堂賦·序》中云：西河徵車赴京時，益都相公大開閣請召諸門下士，共集于城東之萬柳堂，即席為賦。」〔註57〕馮溥評西河之賦為第一。檢馮溥《佳山堂詩集》，馮氏《秋日王仲昭毛大可吳志伊陳其年汪舟次潘次耕胡胐明小集西齋和其年重陽登高見憶之作原韻》、《再用前韻答毛大可》、《冬日同王仲昭毛大可陳其年善果寺看雪》、《毛大可》、《春日同王仲昭毛大可吳志伊陳其年吳慶伯徐仲山徐大文胡胐明集萬柳堂即席賦》。其中《贈六子詩·毛大可》對於毛奇齡的詩進行評價：「每誦君詩擬怒濤，錢塘波撼鬼神勞。千軍橫掃生花艷，一曲孤飛引調高。語可標新人共韻，酒能設醴興偏豪。鄴中《典論》誰先後，笑指西園亦羽毛。」〔註58〕

　　馮溥在博學鴻儒的評選中，對毛奇齡有一定的幫助。康熙帝閱奇齡卷，奇齡卷有「日升於東，匪彎弓所能落；天傾於北，豈煉石之可補」之句〔註59〕，疑「煉石句」不經，馮溥答以《列子》諸書有之。康熙認為《楚辭》亦有此句，且恐是「燕齊物怪之詞」，馮溥則為奇齡辯護說，賦體本來就是浮誇之語，可以假作鋪張。經馮溥解釋，康熙帝命在上卷末的毛奇齡試卷，移到上卷中。馮溥還對於毛奇齡的生活方面產生影響，力主給奇齡納妾曼殊，以求其延嗣。要之，毛奇齡對這些幫助心懷感激，其稱馮溥時，必自稱門下。毛奇齡在寫於康熙十九年（1680）《佳山堂詩集序》對馮溥之詩高度評價，不無諛詞。可見其感恩戴德之心。而馮溥致仕之時，「夫子致政將東歸，予時羈史館，不能從，然心切依之。於其餞也，走馬出長安門外，望後車既遠，猶竚大柳下，迨暮而返。」〔註60〕

〔註57〕　（清）毛奇齡，萬柳堂賦〔M〕//毛西河先生全集·賦·卷三，清嘉慶
　　　　　陸凝瑞堂刊本。
〔註58〕　（清）馮溥，贈六子詩〔M〕//佳山堂詩集·七言律·卷六，清代詩文
　　　　　集彙編·29，上海：上海古籍出版社，2010：617。
〔註59〕　（清）毛奇齡，制科雜錄〔M〕，昭代叢書本。
〔註60〕　（清）毛奇齡，佳山堂詩集後序〔M〕//佳山堂詩集·七言律·卷六，
　　　　　清代詩文集彙編，上海：上海古籍出版社，2010：751。

　　而閣學李天馥也對毛奇齡推崇備至：「予不可以失是人也。」〔註61〕李天馥在《西河合集領詞》曾這樣說：「西河不可及者三：身不挾一書冊，所至篋筒無片紙，而下筆蓬勃，胸有千萬卷，言論滔滔，其不可及一；少小避人，盛年在道路，得恠忪疾，遇疾發，求文者在門，捫胸腹四應，頃刻付去無誤者，其不可及二；讀書務精核，自九經、四子、六藝諸大文外，傍及禮樂、經曲、鐘呂諸璞屑事，皆極其根柢而貫其枝葉，偶一論及，輒能使漢、宋儒者悉拄口不敢辨。其不可及三。」〔註62〕我們可以這樣說，毛奇齡在馮溥、李天馥等人人的感召之下，從而漸漸在心態上產生對於清政權的某種認同。

　　上文提到蔡仲光的書信對毛奇齡的心態影響，在此進行討論。馮溥等人所施加的影響，是毛奇齡心態發展的一個方向。而蔡仲光則是相反的方向影響毛奇齡的心態。毛奇齡在中博學鴻儒後不久後的心態，很難通過他的文集找到蛛絲馬蹟。但通過蔡仲光的書信，我們可以反向而求之。蔡仲光在《寄毛大可書》中說：「前數有書致足下，其中所言，大抵皆語足下歸耳。足下方始以博學鴻儒致身檢討，猶未及半載也。而仲光有書，輒勸其歸，非故為此潛伏巖穴之言，以自行其志而誑足下。又恐足下自喜其身立清要，而疑人有同心，陰相汲引，更深誣人也。讀書而居翰苑，亦進取者之恒心。然足下已五十有七矣，雖此時精力猶健，而時至衰，亦俯仰間耳。固知足下深明此意，故近日在京師，還欲謝絕酬應，不赴燕遊，以置此身作歸計。然彼既人人口誦足下之詩，亦何能掉臂而不相顧。第恐遲置之間，漸與彼習，或終不能自拔。故復言之激切，使足下時以此自儆耳。」〔註63〕這封信應寫於康熙十八年下半年，因為信中言「足下已五十有七」，「足下方始以博學鴻儒致身檢討，猶未及半載」，從而推之。信的主要內容是勸其早日辭召歸鄉，

〔註61〕　（清）毛奇齡，制科雜錄〔M〕，昭代叢書本。

〔註62〕　（清）李天馥，西河合集領詞//毛西河先生全集·領詞，清嘉慶陸凝瑞堂刊本。

〔註63〕　（清）蔡仲光，謙齋文集·卷八〔M〕//《清代詩文集彙編》編纂委員會編，清代詩文集彙編·43，上海：上海古籍出版社，2010：314。

首要的理由是毛奇齡的年齡因素會造成精力有限,因而要保重好身體,不要因為燕遊應酬等而影響歸鄉之計。毛奇齡有沒有聽進去不要燕遊之類的話,另當別論。但是他內心裏應該隱隱約約地會感覺有一個人,在遠方不停召喚他回來。而歸來的越遲,其內心的一種愧對朋友的內疚之情,以及失節事清的慚愧感會越強烈,而這種情緒應該一直纏繞著毛奇齡,直到他歸里之後。徐鼒《小腆紀傳》云:「既而毛甡歸里,請見。仲光棲一樓,久不與世相接;甡至,亦謝之。甡拱立不去,無已,憑樓語曰:『僕與子為金石友。子今新朝貴人也,為忠為孝,則子自有子事;僕以桑榆之景,將披髮入山矣,更弗敢豫世俗交。』甡灑然動容,已復請其業。」〔註64〕而這封信的重點是在下面:「夫神龍之所以夐絕乎鱗介之屬,以其上下風雲之中,靈怪百出,因雲霧以迷其變化,其章體非人之所得而覿也。使其可覿,則人將審其頭角鱗甲,以漸察其性情,而習其嗜好以飲食之,久且與修蛇、蜥蜴同可取而畜之籠中矣。高唐神女之見夢於楚襄王也,王固少年,神又妙女,惟其於恍惚之中,揄袂一至,雖有瓌姿之可悅,步雲翔而不復繼。故襄王情若不足,思每縻。既若使當時晡夕之後,頻來入夢。雖其柔情逸態,顧而難忘,亦且數見,則疑轉以成畏,必將延宋無忌、羨門子高之屬,以符水驅除恐後矣,尚何暇宋玉為賦,以致其愛慕之私哉?久狎不鮮,雖神女且然已。」〔註65〕蔡仲光用神龍和神女比擬,形象地說明了此時士子與清政權的關係,不可狎近,要保持的一定的距離。假若與其太近,可能被利用之後就會棄之如敝屣,惟恐其去之不快。

這些話竟預言準了:康熙帝本用博學鴻儒妝點門面,等其無利用價值之時,則聽其歸去了。博學鴻儒科之後,明史館開啟,而康熙帝也無意早日修成《明史》,甚至有「抑制」作用。姚念慈對此云:「今人多信《明史》之所以為佳作,乃因朝廷慎重,不急於成書。實則自十八年

〔註64〕（清）徐鼒撰,小腆紀傳〔M〕,中華書局,1958:587。
〔註65〕（清）蔡仲光,謙齋文集·卷八〔M〕//《清代詩文集彙編》編纂委員
　　　　會編,清代詩文集彙編·43,上海:上海古籍出版社,2010:314。

博鴻科設明史館，未過幾年，所剩人員殆寥寥無幾。《明史》之遲遲不能修成，主要為玄燁所抑，『朕明知其無實，速成何為？』」〔註66〕當然這是和康熙帝的深層心理有關，姚念慈的《康熙盛世與帝王心術》有專門論述，不贅述。那麼，蔡仲光還是想讓毛奇齡學習傅山、李因篤之行為，藉以他事，請急歸。我們無從得知毛奇齡接到蔡仲光的信件的反應，但內心應該有所戒懼，有所收斂，應該最真實的心理反應。

　　檢《毛西河先生文集》，有一篇《復蔣杜陵書》，涉及到毛奇齡與蔡仲光的書信往來，毛氏云：「舊臘，中堂啟奏，原有舉隱逸名賢之意，而地震以後，但從赦詔中作一具文，又監脩入告，祇以脩史餘波相及，不成光景，且監修亦驟為之，不卜於眾，而足下則多以周之義士相目，疑沮者半，大敬則惟恐某有他意，急作書戒勉，彷彿山巨源之措詞者，總之神龍不見愈高也。」〔註67〕舊臘應指康熙十六年（1677）十二月，因為康熙十七年（1678）七月京師發生地震，按照時間推斷而論。清廷宰輔原有奏請徵召山林隱逸之意，但地震之後，成了一紙徒具形式的空文。《明史》監修官徐元文等修史之餘，延請起初並不應召的山林隱逸之士萬斯同、黃百家等參與修訂《明史》，正所謂「修史餘波相及，不成光景」。而我們推測，毛奇齡應該在馮溥和蔡仲光之間起著一個樞紐的作用，據蔡仲光自己說：「而易齋相公過聽足下之言，親書名字於柱對間，又復賜以所刻之集……足下謂仲光宜一致書先生，以稱其書柱、寄書之意，則仲光以為不可。」〔註68〕可知，毛奇齡曾向馮氏推薦過蔡仲光，企圖用這種方式薦舉自己的好友「入彀」，也許用這種方式，毛奇齡內心的焦慮才會減輕一些。但是蔡仲光卻寫了上述一封類似《與山巨源絕交書》一樣的書信，所謂「大敬惟恐某有他意」，可能

〔註66〕姚念慈，康熙盛世與帝王心術〔M〕，北京：生活・讀書・新知三聯書店，2018：177。

〔註67〕（清）毛奇齡，毛西河先生全集・書・卷七〔M〕，清嘉慶陸凝瑞堂刊本。

〔註68〕（清）蔡仲光，謙齋文集・卷八〔M〕//《清代詩文集彙編》編纂委員會編，清代詩文集彙編・43，上海：上海古籍出版社，2010：316。

也就怕奇齡推薦自己。而所謂「神龍不見愈高也」，我們上文已經分析過，勸勉奇齡一定要與當政者保持一定的距離。

此外，蔡仲光在書信中反覆勸誡毛奇齡在朝期間要謹慎持重，如：「足下在仕宦之途，凡文章、議論、書札皆宜審謹過於平日，毋使仇怨譏訕之人得執片語，以為釁端。古人處艱難之會，而終始得以安全無恙者，惟其自返，無一釁之可乘而已矣。」〔註69〕又如：「足下力足馳驅之日，毋恒歌以損德，毋精思以耗神，毋亟造請以啟侮，毋勤晉接以招尤，毋過為人經營而身攖其禍，毋力為此防患以觸彼之怒，毋聽遊談泄而頻易其謀，毋畏強禦懾而自改其操。」〔註70〕而四庫館臣在評價毛奇齡《制科雜錄》云：「中多露才揚己之詞，且有恩怨是非之語。」〔註71〕毛奇齡在博學鴻儒考試之前後，確實存在著「露才揚己」的心態，比如與李因篤辨古韻和辨羊裘、狐裘。比如對於「解託」的解釋。比如對於「修禊即祓濯」、「浴沂亦是祓濯」等問題的討論，無不看出毛奇齡身上保留著明代士子意氣相爭的因素。那麼蔡仲光也許就是擔心的這些，以致於時刻地關注奇齡的動向：「繼又獨晤一暉，備詢足下近狀。彼云：『大可叔在京頗閒，而能重自矜持，不妄拜一客，但囊空，恐無以自給耳。』仲光聞其言，甚喜足下之能如是也。」〔註72〕奇齡能夠矜持自重，不枉交一人，正是蔡仲光想看到的。但是毛奇齡後來似乎對於仲光這種規勸有些厭煩之感，他對蔣杜陵說：「來札少規語，惟『浮沉金馬』一言，為好我之切，佩之紳帶，不敢暫忘。今朝廷甚愛儒臣，

〔註69〕（清）蔡仲光，又寄大可〔M〕//蔡仲光，謙齋文集·卷八，《清代詩文集彙編》編纂委員會編，清代詩文集彙編·43，上海：上海古籍出版社，2010：318。

〔註70〕（清）蔡仲光，五月八日寄大可書〔M〕//蔡仲光，謙齋文集·卷八，《清代詩文集彙編》編纂委員會編，清代詩文集彙編·43，上海：上海古籍出版社，2010：319。

〔註71〕（清）永瑢等，四庫全書總目〔M〕，北京：中華書局，1965：719。

〔註72〕（清）蔡仲光，又寄大可〔M〕//蔡仲光，謙齋文集·卷八，《清代詩文集彙編》編纂委員會編，清代詩文集彙編·43，上海：上海古籍出版社，2010：317。

且聖學最博洽，稍有詞句，必加乙覽，頃西南告捷，同館皆獻平湖南、平蜀雅頌，而某無一言，其緘晦可知矣。」〔註73〕「浮沉金馬」應指出仕做官，像西漢東方朔一樣，媚於朝廷，應含貶義。蔣杜陵應是用這四字提醒毛奇齡，注意自己的操行，因而奇齡在下文中才說同館都獻頌，以示慶祝清廷平定湖南、四川，而自己卻保持緘默，不用蔣杜陵過於擔心。保持緘默，尋找合適的機會，早點歸里，這正是蔡仲光最想讓毛奇齡這樣做的，毛奇齡在《復蔣杜陵書》中對此作了不直接的回應。

第三節 博學鴻儒科的延續——毛奇齡的修史心態及學術心態

上文分析了毛奇齡在博學鴻儒科前後的心態，本節則重點分析其在《明史》館修史心態及學術心態。毛奇齡的修史心態則圍繞著對於修史體例的爭辯上，如《道學傳》的廢立等問題、毛奇齡在史館中隨著時間的流逝產生的心理變化、收集與整理史料的態度等。毛氏學術心態則是圍繞著辨定禮儀、辨定音韻、辨定樂章的方面等展開。需要說明的一點的是，毛奇齡的修史心態中，關於《道學傳》的廢立隱含著毛奇齡對陽明心學的學術心態，但是因為涉及到修史的體例上，我們暫時把其歸結為修史心態。而關於學術心態，無不隱含著毛奇齡對於聖意的揣摩，這一點我們會在下文著重論述。

首先，來看毛奇齡的修史心態。清初《明史》館開館後，《理學傳》的廢立爭論成為《明史》修撰的一個焦點問題。主要起因是《明史》總裁館徐乾學提出要在《明史》中設立《理學傳》，他在《修史條議》六十一條中說：「明朝講學者最多，成弘以後，指歸各別。今宜如《宋史》例，以程朱一派，另立《理學傳》……白沙、陽明、甘泉宗旨不同。其後王湛弟子又各立門戶，要皆未合於程朱者也。宜如《宋史》象山、慈

〔註73〕 （清）毛奇齡，復蔣杜陵書〔M〕//毛西河先生全集·書·卷七，清嘉慶陸凝瑞堂刊本。

湖例，入《儒林傳》……學程朱者為切實平正，不至流弊耳。陽明之說，善學則為江西諸儒，不善學則為龍溪、心齋之徒。」〔註74〕從《修史條議》可以看出，徐乾學的學術傾向是程朱理學，認為程朱及其支脈才是學術正宗與主流。而王學善學者尚可稱儒者，不善學者則產生的流弊橫生。徐乾學希望能夠立《理學傳》突出強調程朱理學的主導地位，仿《宋史》之《道學傳》，從而達到貶抑王學的目的。這一點上，學者黃聖修說：「在《修史條議》中之所以仿《宋史》採用《理學傳》，而非仿《宋史》採用《道學傳》，是希望藉由《理學傳》這一爭議較低的用語，行《道學傳》之實，以在《明史》中重塑程朱之學的道統地位，並排擠王守仁及其後學」。〔註75〕

徐乾學的這種看法很快引起學者們的反對，黃宗羲寫《移史館不宜立〈理學傳〉書》，分別就徐乾學的「理學四款」加以駁斥，最後得出結論：「今無故而出之為道學，在周、程未必加重，而於大一統之義乖矣。統天地人曰儒，以魯國而止儒一人，儒之名目，原自不輕。儒者，成德之名，猶之曰賢、曰聖也。道學者，以道為學，未成乎名也，猶之曰志於道。志道可以為名乎？欲重而反輕，稱名而背義，此元人之陋矣……某竊謂道學一門所當去也，一切總歸儒林，則學術之異同皆可無可論，以待後之學者擇而取之。」〔註76〕黃宗羲有意調停程朱理學與陽明心學的論爭，認為《明史》的修撰不能把程朱理學凌駕於其他學說之上，單獨設立《理學傳》或《道學傳》是不合適的，「一切總歸儒林」才是修史的正道。黃宗羲本來就是浙東學派的一員，對徐乾學貶低浙東學術應不無切齒。此外，湯斌、張烈、朱彝尊、陸隴其、毛奇齡等人〔註77〕

〔註74〕《清代詩文集彙編》編纂委員會編，清代詩文集彙編・124 憺園文集・卷十四〔M〕，上海：上海古籍出版社，2010：433～434。

〔註75〕黃聖修著，一切總歸儒林——《明史・儒林傳》與清初學術研究〔M〕，臺北：新文豐出版股份有限公司，2016：21。

〔註76〕沈善洪主編，黃宗羲全集・第10冊・南雷詩文集上〔M〕，杭州：浙江古籍出版社，1992：214～215。

〔註77〕黃聖修著，一切總歸儒林——《明史・儒林傳》與清初學術研究〔M〕，臺北：新文豐出版股份有限公司，2016：21。

都展開自己的論辨，反對設立《理學傳》。

　　毛奇齡對於《道學傳》及陽明心學的態度的觀點，主要集中在《折客辨學文》與《辨聖學非道學文》的兩篇文章中，從中可見毛奇齡的修史心態。毛奇齡在《辨聖學非道學文》中說道：「向在史館，同館官張烈倡言陽明非道學，而予頗爭之，謂道學異學，不宜有陽明，然陽明故儒也。時徐司寇聞予言，問：『道學是異學，何耶？』予告之，徐大驚，急語其弟監修公暨史館總裁，削道學名，敕《明史》不立《道學傳》，祇立《儒林傳》，而以陽明隸勳爵，出儒林外。于是道學之名則從此削去，為之一快。」〔註78〕毛奇齡與張烈爭論之事，應指《折客辨學文》中所提到的的爭論：同官尤侗（字同人，號悔庵，江蘇蘇州人）闖得《王文成傳》，修史總裁認為其傳多講學之語，令其刪去。而張烈（字武承，號孜堂。北京大興人）承總裁之意，極詆陽明。毛奇齡與之展開激烈的爭論，針對張烈提出陽明「知行合一」非聖學之道的觀點，毛奇齡反駁有二：其一，正如孟子所說孩提能知愛親，「知」與「能」合為一體。朱子不也是說「顏子惟真知之，故能擇守如此」，即認為能知自然能行。而陽明也是接著說的，並不是另起爐灶。只是陽明能夠踐行聖人的學說，而朱子並不能。從某種意義上說，陽明更能接近孟子的旨意，難道不是聖學之道嗎？其二，朱子的知行理論是兩截的，並不合一。朱子注《大學》，「于格物則所知在物，于誠意則所行又在意，在物少一行，而在意少一知」〔註79〕。而陽明之學卻能夠做到知行合一，知即是行，行即是知。所以自然符合聖人孟子「良知」之學。此時毛奇齡在心態上不能心平氣和，不能與之娓娓道來。因為這涉及到毛奇齡的學術信念問題，毛奇齡深受陽明心學的影響，其思想淵源受陽明心學沾溉甚多。雖然毛奇齡學說如黃愛平所說一定程度上偏離了王學的軌道，「毛奇齡

〔註78〕　（清）毛奇齡，辨聖學非道學文〔M〕//毛西河先生全集，清嘉慶陸凝瑞堂刊本。

〔註79〕　（清）毛奇齡，折客辨學文〔M〕//毛西河先生全集，清嘉慶陸凝瑞堂刊本。

始終把『行』放在與『知』同等重要的位置……這就在一定程度上偏離了王學的軌道，而走向注重事功，強調實行的實學一途。」〔註80〕但涉及到學術信念問題，他是不會輕易讓步的。因而張烈大怒，訴之總裁，並作《訐陽明》。且作劄子三：孝宗非令主；東林非君子；陽明非道學。據毛奇齡自己說，徐乾學看到張烈所上之劄子，大驚，由此毀札而罷。

　　因而我們說，毛奇齡顯然是把這段與張烈的爭論作為一個引子，引出毛奇齡最關心的問題：就是《明史》到底要不要立《道學傳》的問題，這涉及到陽明心學的地位的重大問題，不可輕忽。據毛奇齡自己說，徐乾學正是聽了毛奇齡的議論，才放棄了立《理學傳》，按照毛奇齡說法就是《道學傳》。此處的真實性值得懷疑，或者說徐乾學等人放棄立《理學傳》應該是綜合各方意見考慮的結果。毛奇齡在《辨聖學非道學文》還加了一句：「予辨陽明學，總裁啟奏，賴皇上聖明，直諭：『守仁之學過高有之，未嘗與聖學有異同也』。於是眾論始定。」〔註81〕這似乎都是毛氏自己的功勞，也有些揚才露己的炫耀心理。

　　而奇齡是經學家，擅長考據。他在歸里之後，作《折客辨學文》，康熙三十六年（1697）完成，而《辨聖學非道學文》應該也作於此時前或後不久。他在《辨聖學非道學文》一文中對於「道學」二字做了深入的考辯，也是對於《道學傳》之立的合理性予以批駁，對早年修史所面對的核心問題作了回應。其言要點有二：一是聖人之學不講道學二字，只講學道，不講道學。二是講道學者，大都是道家者流，從歷史進程來看，兩漢至魏晉，再到北宋，眾多道家私相傳授所謂道學。尤其是周敦頤、邵雍、程頤、程顥等人簒道教於儒教之中。而朱熹則是把道學變為了儒學。因而《宋史》列《道學傳》也就失去了合理性。這就是所謂窮

〔註80〕黃愛平，毛奇齡與明末清初的學術〔J〕，清史研究，1996（04）：2～3。
〔註81〕（清）毛奇齡，辨聖學非道學文〔M〕//毛西河先生全集，清嘉慶陸凝瑞堂刊本。

根溯源、釜底抽薪式的辯論，從內心上了少了與張烈等人爭論那種劍拔弩張的怒氣，卻是直擊《道學傳》的要害。要之，毛奇齡對於《道學傳》的辯難，一方面在於其學術立場的堅定不移，另一方面也與其心態與性格有關。這兩方面決定了毛奇齡在《道學傳》的問題上一直糾纏不休。

　　我們討論的另外一個問題，就是毛奇齡在史館中生修史時的心理變化、收集與整理史料的態度等。毛奇齡初入史館，「因授予翰林院檢討，充史館纂修官。而以勝國之史未修，開明史館，給筆札，令纂修《明史》。闓題得弘、正兩朝紀傳及諸雜傳，先後起草，得二百餘篇。」〔註82〕毛奇齡有詩《初入史館作》云：「昭代重文治，翹車遞相因。聖教開中天，皎若星日陳。詔令下郡國，薦達如崔駰。策對賜著作，不止能親民。所念勝國史，是非方未伸。館錄既漸缺，冊府亦已湮。因命合繩纂，眾腋同補紉。載事在集意，辨誤需求真。記疏陋歐宋，識舁誚向歆。嘗恐大政略，要使陳編新。誰謂石室藏，便若海谷珍。代易少忌諱，辭一均見聞。野稗過苛激，翻足傷人倫。靖難詁聖祖，易嗣憎忠臣。幾有祕閣裁，下與穢史鄰。生平負末學，往欲追龍門。何幸紹前修，濫把拙匠斤。內府給筆札，下使供柴薪。當此委藉重，敢不刪述勤。從來尚記善，所傚惟獲麟。如何紊褒譏，遺論徒千春。」〔註83〕這首詩主要有三點值得注意：一是毛奇齡對清廷修史之舉應持有贊成的態度；二是毛氏認為修史有一個重要的原則就是去偽存真，掃去稗官野史之迷霧；三是雖自謙說不能勝纂史之任，但會勤勉從事，而效法的對象仍是孔子《春秋》筆法，志在刪述，一字寓褒貶，毋使千載以後，議論紛紛。

　　可以看出，毛奇齡對於纂修《明史》還是很有信心的，抱著謹慎樂觀的態度。當然撰寫紀傳等史部相當辛苦，需要花費大量的精力與

〔註82〕　（清）毛奇齡，自為墓誌銘〔M〕//毛西河先生全集·墓誌銘·卷十一，清嘉慶陸凝瑞堂刊本。
〔註83〕　（清）毛奇齡，毛西河先生全集·五言格詩·卷五〔M〕，清嘉慶陸凝瑞堂刊本。

體力，毛氏說：「今則史館稠雜，除入直外，日就有書人家，懷餅就抄，又無力僱書史代勞，東塗西竊，每分傳一人，必幾許掇拾，幾許考覈，而後乃運斤削墨，僥倖成文。其處此亦苦矣，又況衣食之累，較之貧旅，且十倍艱難者耶。」〔註84〕而入史館的時間越長，越有心理方面的感受，特別在跨舊年，入新年之際，毛奇齡有詩《歲暮入史館書感用家太史韻》其一云：「日從東觀討遺編，坐弄鉛黃度歲年。自笑中郎生子晚，縱修漢史有誰傳。其二：「千門爆竹歲將除，尚跨三花進石渠。中夜草成《群盜傳》，教人淚濕一床書。」（時闓題中有《盜賊傳》，故云。）〔註85〕古人用鉛粉和雌黃點校圖書，故稱校勘為「鉛黃」，應指校點史稿之事。班固曾行中郎將事，這裡應該借班固自比。而據奇齡自己說：「子三。予出遊時，懼予不得還，以兄子珍後予，未成丁死。既而以其弟遠宗繼之……及予六十七，生一子，呼老得，錢塘倪璠贈名壹……四歲死。」〔註86〕按照毛奇齡的生年，六十七歲應為康熙二十八年（1689），此時毛奇齡已經歸里。不知毛氏說「自笑中郎生子晚，縱修漢史有誰傳」為何指？按照我們的理解，此處應不是實指，只是借班固之事來澆心中之塊壘。當然在中夜爆竹聲中，草成《群盜傳》之後，有一種情愫突然湧上心頭。這種情愫應當是複雜的，是言語也無法傳達的。入史館的時間更長之後，毛奇齡感覺到一種心理煎熬。毛奇齡還有一首《寒食直史館奉和同年李漁村太史兼呈同館諸公》：「春城日出鴟尾紅，下馬入直東華東。忽言今日是寒食，愁入萬條新柳中。陽春初過一百六，日趁車塵苦追逐。大道時聽賣野餳，宮門無復傳官燭。溝頭水漲花尚稀，早寒猶着春前衣。庭槐幾見火新改，故國六年人未歸。同儕相顧起懍忔，此地前經設東廠（今史館即前朝東廠地，李太史是

〔註84〕（清）毛奇齡，復蔣杜陵書〔M〕//毛西河先生全集・書・卷七，清嘉慶陸凝瑞堂刊本。

〔註85〕（清）毛奇齡，毛西河先生全集・七言絕句・卷六〔M〕，清嘉慶陸凝瑞堂刊本。

〔註86〕（清）毛奇齡，自為墓誌銘〔M〕//毛西河先生全集・墓誌銘・卷十一，清嘉慶陸凝瑞堂刊本。

日有詩，故云）斷烟祇為惜亡臣，殺竹何堪謝鉤黨。鄉園日夕風雨賒，
沿門幾樹春桐花。明朝畫舫門邊住，好入春山焙早茶。」〔註87〕季節
的轉換，時光的流逝，突然喚醒了毛奇齡沈寂的心。屈指一算，入史館
已經六年了，其中艱苦勞累、不斷糾紛、故鄉之念不斷地湧向心頭。同
館之人無不同生感慨，面對曾經是東廠的史館，滋味更是叢生。

　　毛奇齡對於史料的收集也非常在意，相當嚴肅認真。他曾在《復
蔣杜陵書》中說：「客冬，曾托董無菴彙徵越中諸先賢誌傳，而竝不見
寄。足下雖寓公，而居越最久，越中聲氣，皆願與杜陵呼嚵，凡諸賢
後人，無不在杜陵齒遇之末。今專以相託，嘉、隆後八邑名賢，祈統
為彙徵寄某，使某得專任敝郡列傳，其中是非真偽，不妨杜陵指定相
寄，則一郡一賢，皆杜陵所表章也。朱少師傳，在陳大樽集中，尚有
實事可錄，但稍煩蕪耳。至吳大司馬三世，則不見狀誌。……且錦衣
再襲，最饒名蹟，曾見莊烈皇帝有親筆東司房敕，而元素先生有救給
諫姜垺及舉人祝淵諸大節，俱恍惚不明白，或向其從子伯憩抄一事實，
伯憩不作字，即此附囑。若倪文正、祁忠敏諸公，則足下曾作傳，其
稿本必具，幸悉緘示。他不能指名，悉藉搜討，其獨於吳司馬公諄諄
者，以伯憩與杜陵晨夕易面及也。」〔註88〕奇齡託蔣杜陵為其收尋史
料，所謂嘉、隆越中八邑名賢之資料、明方太古救姜垺、祝淵之事，
杜陵所撰明倪元璐、祁彪佳等人傳之稿本等等。毛奇齡收集史料的嚴
肅認真，還體現在他向張岱寫書信，企圖從他那裡得到相關史料。他
在《寄張岱乞藏史書》中說：「今吾鄉老成，漸若晨星，而一代文獻如
先生者，猶幸得履修容，享耆齒，護此石紐，則夫天之厚屬先生者，
原有在矣。夫名山之藏，本待其人，久閟不發，必成物怪。方今聖明
右文，慨念前史，開館修輯，已幸多日。乃薦辟再三，究無實濟，翰

〔註87〕（清）毛奇齡，毛西河先生全集‧七言古詩‧卷九〔M〕，清嘉慶陸凝
　　　　瑞堂刊本。
〔註88〕（清）毛奇齡，復蔣杜陵書〔M〕//毛西河先生全集‧書‧卷七，清嘉
　　　　慶陸凝瑞堂刊本。

音皷妖，於今可見。」〔註89〕毛奇齡對待張岱態度到底持有什麼樣的
心態，當今學者大概有兩種相反的意見：一是認為：「（毛奇齡）又在
《寄張岱乞藏史書》中，『不揣鄙陋』，乞求張岱將所藏資料借給史館
參考，言真意切，讀來感人。」〔註90〕另外一種意見則是：「毛奇齡
寫信給張岱，傲慢不遜地要求他提供明史資料這件事，雖然在當時就
招來有良知的文人的唾棄，但同時也有力地說明了此次博學鴻詞科對
毛奇齡個人來說意義重大。」〔註91〕我們從「名山之藏，本待其人，
久閟不發，必成物怪」這幾句話裏能夠體會出毛奇齡的「傲慢不遜」，
至於「不揣鄙陋」畢竟是謙辭，並不代表毛奇齡的真實態度，因而我
們同意日本學者竹村則行的意見。

　　毛奇齡此番為什麼會有如此的態度呢？一是毛奇齡由流亡之人，
一登廟堂之高，成為清廷翰林院檢討，內心自然有些高傲之氣；二是毛
奇齡確實非常想得到張岱的史料，但又怕張岱不給，自然會音量提高
一點，調門大一點，說得強硬一點，甚至拿皇權壓人，意思想逼張岱乖
乖就範。本文認為第二種的可能性也許更大一些，因為毛奇齡在後文
中暴露了他的心思：「若其中忌諱，一概不禁，只將本朝稱謂，一易便
了，至其事，則正無可顧也。且史成呈進，當詳列諸書所自，不敢蔑沬。
況此書既付過史館，則此後正可示人，無庸再閟，尤為朗快。」〔註92〕
可謂軟硬兼施，其目的就是要得到張岱所寫啟、禎二朝記志等材料，這
從側面證明了毛奇齡對於史料的收集重視程度。

〔註89〕（清）毛奇齡，毛西河先生全集·書·卷四〔M〕，清嘉慶陸凝瑞堂刊
　　　　本。
〔註90〕葉建華著，浙江通史·第8卷·清代卷·上〔M〕，杭州：浙江人民出
　　　　版社，2005：383。
〔註91〕（日）竹村則行，康熙十八年博學鴻詞科與清朝文學的起步〔M〕//武
　　　　漢大學中國傳統文化研究中心編，科舉文獻整理與研究·第八屆科舉
　　　　制與科舉學國際學術研討會論文集，武漢：武漢大學出版社，2013：
　　　　318。
〔註92〕（清）毛奇齡，毛西河先生全集·書·卷四〔M〕，清嘉慶陸凝瑞堂刊
　　　　本。

　　不光在收集方面，在整理與撰寫方面，毛奇齡也相當地認真嚴肅。我們上文提到毛奇齡云：「予向入史館，分修明史。同館有鬮分《武宗本紀》者，盡芟去《實錄》諸秩遊事，公然道學。予竊報不平，特輯《實錄》為一帙，名曰《外紀》，今尚存集中。」〔註93〕儘管四庫館臣在之後這樣評價《武宗本紀》：「然本紀自有體裁，無縷陳瑣屑之例，且其事已具《實錄》中，而野史又多備載，既無異聞，何必復贅耶？……此書則敘事語矣。是亦負氣求勝，不顧其後之一端也。」〔註94〕四庫館臣認為此書也是毛奇齡負氣爭勝的結晶，而《實錄》俱在，不必復為瑣屑贅言。

　　撇開不論，毛奇齡的認真態度應該值得肯定的。毛奇齡在請急歸里之後，曾向史館總裁三上《史館剳子》分別就修史的一些具體問題作出說明。比如他在《史館剳子》中對於四川成都府郫縣知縣趙嘉煒死事等問題展開討論，毛奇齡在明史館撰寫趙嘉煒《死事傳》，是雜取四川新修《通志》、董處士《行狀》、冀應熊《死事記》而成。後來有人從成都來，告訴奇齡：趙嘉煒子趙麒與修《通志》者有舊，把本來作郫縣主簿的趙嘉煒改成縣令，且其死事地點與日月都是錯誤的。毛奇齡復檢《成都府志》，再進行核對，發現趙嘉煒確是郫縣主簿，守都江堰而投河而死，但其狀記所載日月又是不合的，趙嘉煒死因是或沉於江，或射於堰，又都不是確定的。因而毛奇齡說：「而近核諸書，究竟未合，因先為檢舉，請駁原傳，以存疑闕。至若死事諸官，不問高庳簿，苟能死，何必縣令。或當予以傳略改成文，具善長之意。或但從闕疑，暫懸其事，以俟再考。」〔註95〕可見毛奇齡對待史料是抱著寧缺毋濫、多聞闕疑的態度，這更能看出毛奇齡修史的認真態度。

　　下面，我們討論毛奇齡的學術心態。毛氏學術心態則是圍繞著辨

〔註93〕　（清）毛奇齡，毛西河先生全集·經問·經問補卷二〔M〕，清嘉慶陸凝瑞堂刊本。
〔註94〕　（清）永鎔等，四庫全書總目〔M〕，北京：中華書局，1965：491。
〔註95〕　（清）毛奇齡，毛西河先生全集·剳子·卷一〔M〕，清嘉慶陸凝瑞堂刊本。

定禮儀、辨定音韻、辨定樂章的方面等展開。毛奇齡對於學術充滿著自信，他在史館的學術心態無不體現著對於聖意的揣摩。首先毛奇齡對於「禮」的辨析體現著這一點。張壽安在《十八世紀禮學考證的思想活力——禮教論證與禮秩重省》一書中說：「治禮、議禮蔚為清代學術之主流，乃學術事實，不容置疑。而毛奇齡實開先河。」〔註96〕康熙二十四年（1685），太常士卿徐元珙疏奏：現行祀典中，圜丘壇位北設南向，以太祖皇帝為一配，東設西向，近北；太宗皇帝為二配，西設東向，近北；世祖皇帝為三配，亦東設西向，近南。至方澤壇位，已改為南設北向，而三祖配位亦復以東設西向為一配，近南，西設東向為二配，近南，又東設西向為三配，近北。於是五嶽五鎮以次分設，亦始於西向而訖於東向。是穆昭右左，不無難安，奉旨下議〔註97〕。徐元珙所疏，即四庫館臣云：「康熙二十四年，太常寺卿徐元珙疏奏，現行祀典北郊既改北向，而三祖配位仍首東次西，同於南郊，請酌改所向。」〔註98〕一般來說，清朝皇帝按照歷代傳統也把祭祀分為祭天與祭地，祭天為南郊，祭地為北郊，祭天的主神是昊天上帝，而主神之東西都設有配位，主要是努爾哈赤、皇太極、福臨等人的神位，而祭天之配位以東方為上，所以先設努爾哈赤的神位於東方，然後依次排列。而祭地則是要有所調整，按照徐元珙的理解，應該前代皇帝神位以西方為上，主要原因正如毛奇齡所說：「獨是兩郊配位，其在南郊者，既首東設而尚西向；而在北郊者，亦首東設而尚西向。則一偏之儀，在諸禮既無見文，而前代相因，又不能詳所自始，因而改制之情，見諸奉常。」〔註99〕

在毛奇齡看來，這都是西漢儒臣誤解了《禮記·曲禮》的意思，

〔註96〕張壽安著，十八世紀禮學考證的思想活力·禮教論爭與禮秩重省〔M〕，北京：北京大學出版社，2005：26。

〔註97〕（清）毛奇齡，北郊配位尊西向議〔M〕//毛西河先生全集·議·卷二，清嘉慶陸凝瑞堂刊本。

〔註98〕（清）永瑢等，四庫全書總目〔M〕，北京：中華書局，1965：708。

〔註99〕（清）毛奇齡，北郊配位尊西向議〔M〕//毛西河先生全集·議·卷二，清嘉慶陸凝瑞堂刊本。

毛奇齡引《曲禮》：「席南向北向，以西方為上。東向西向，以南方為上。」但是這種說法是針對常坐而言，「若禮坐之席，則以向為主。南向者陽位，陽尚左而尊東方；北向者陰位，陰尚右而而亦尊東方。」〔註100〕四庫館臣云：「奇齡又謂北郊既改從北向，則配位即統於所向。地道尚右，配位當以東為上，東乃北向之右也。今考《儀禮·大射儀》曰：『諸公阼階西，北面東上。』」《燕禮》曰：『卿大夫皆入門右，北面東上。』則北郊北向，配位儀東為上，與《儀禮》『北面東上』義例全通。奇齡徒以地道尚右定之，亦為未審。然全書考辨精覈，援引博贍，於宋、明以來議禮之家，要為特出矣。」〔註101〕四庫館臣譏毛奇齡未考《儀禮·大射儀》、《禮儀·燕禮》，而只是從北郊地道屬陰位，尚右，由此確定北郊配位以東為上，但卻不能否認毛奇齡在辨禮過程中的特立獨出，這本身也看出毛奇齡對於議禮的重視。因為畢竟滿族對於漢文化的禮儀制度還是有所隔膜，毛奇齡也想通過這種方式給予清統治者某種提醒，同時也隱含著聖意的揣摩。

　　而毛奇齡在《復蔣杜陵書》中說：「特某遍遊宇內，恨無一真讀書人。經學既已響絕，而禮、樂二字，開口便錯。偶與同館官論郊壇之禮，訛舛百出，即嘉靖議大禮一節，雖未分題，然倉卒語及，便一哄而散。」〔註102〕雖然《辨定嘉靖大禮儀》寫作於康熙三十四年，但也含有毛奇齡在史館其間對禮制的思考。張壽安在《十八世紀禮學考證的思想活力·禮教論爭與禮秩重省》中有一節《毛奇齡論「傳位」法》，認為《辨定嘉靖大禮儀》的主旨是「天子傳位法」，其重點分為四：論「兄終弟及」、論「繼爵不繼人」、「繼統與尊親」、「廟次與世次」。〔註103〕那麼

〔註100〕（清）毛奇齡，北郊配位尊西向議〔M〕//毛西河先生全集·議·卷二，清嘉慶陸凝瑞堂刊本。

〔註101〕（清）永鎔等，四庫全書總目〔M〕，北京：中華書局，1965：708。

〔註102〕（清）毛奇齡，復蔣杜陵書〔M〕//毛西河先生全集·書·卷七，清嘉慶陸凝瑞堂刊本。

〔註103〕張壽安著，十八世紀禮學考證的思想活力·禮教論爭與禮秩重省〔M〕，北京：北京大學出版社，2005：162。

毛奇齡為什麼對於前代禮儀典制這麼有興趣呢？他在《喪禮吾說篇》中說：且值聖天子御世，禮明樂備之際，躬親盛典，何所表建……往者承侍東除，曾遇國恤，隨諸親王大臣後恭送皇后殯宮於遵化陵園，班哭沙河。而時詣奉常大夫竊詢行事，終不敢有所論說，以為王朝典制，非所當預。」（毛注：古無天子、諸侯之禮，是篇亦不敢說及。）〔註104〕看來毛奇齡是為了避免引起清廷的某種忌諱，才不敢言說當今之禮。張壽安對於很有見地地說：「第三層意義牽涉到清初非常敏感的滿漢文化儀禮相互排拒卻又不得不適勢互融的問題。康熙二十年（1681）仁孝、孝昭兩皇后亡。依禮，舉凡皇帝登基、婚配、立皇子、嫁皇女、及帝后喪葬等都屬王朝典制。滿人以異族人入主中原，自保有滿族禮儀，然又因心儀漢族文化禮儀，因此殯葬之儀在當時成為極敏感的議題。毛氏自言『不敢有所論說』。可見他是在權衡時勢之後，捨棄了對『王朝典制』的議論，而專注與『社會禮俗』。」〔註105〕

　　而至於「音韻」方面，毛奇齡在康熙二十四年上《古今通韻》，毛氏在《呈進康熙甲子史館新刊古今通韻疏》中說：「今天下車書一家，滿文漢字昭然畫一。上自章牘，下逮券契，皆歷歷遵守，獨於韻學多未定者……我皇上聰明首出，開闢景運，於四徵勿庭之日，即為文德修來之舉。命中外大臣各舉文學，而親試之，一仿唐宋制科舊例，分別等第，悉授館職，較之有司鄉會諸科，頗為鄭重。乃臣等菲薄，濫叨盛典。即當日所試文韻，或有失押，重煩我皇上親為指謫，如旗旐、蓬逢諸字，無不立加剔髮，升降甲乙……而臣等以庸妄當之，寧不自愧？因於奉命修史之暇，纂成韻書壹冊，悉仍平水舊本而參訂之，擬名《康熙甲子史館新刊古今通韻》。」〔註106〕毛奇齡這部書真實目的一方面「為排斥顧炎武《音學五書》而作。創為五部、三聲、兩界、

〔註104〕（清）毛奇齡，喪禮吾說篇・卷一〔M〕，清嘉慶陸凝瑞堂刊本。
〔註105〕張壽安著，十八世紀禮學考證的思想活力・禮教論爭與禮秩重省〔M〕，
　　　　　北京：北京大學出版社，2005：26。
〔註106〕（清）毛奇齡，毛西河先生全集・奏疏〔M〕，清嘉慶陸凝瑞堂刊本。

兩合之說」〔註107〕，另一方面更多帶有希寵的成分，毛氏敏銳地覺察到博學鴻儒科士子們有關音韻的缺漏。而清王朝確實也需要新的音韻之書，為其張本，以示其文化與漢文化本來就是融合如一，從而也就顯示其統治的合法性。毛奇齡非常敏銳地抓住了這一點。而《古今通韻》「很可能曾有一度被列為清朝官韻的重要候選對象」〔註108〕，但最終沒有取得官韻的地位，是因為「沒有把滿人『國語』放在視域裏」〔註109〕。當然毛奇齡對於這部《古今通韻》寄予厚望，《西河詩話》載：「兒子會試歸，予同年祭酒王東川貽書云：『嶺表楊生進《沈韻》原本，皇上出君所進《古今通韻》一書，令政府參對，以驗其是否。』其言如此，然不得其詳。值內史汪宸瞻以艱歸見過，則身親其事者，云楊所進名《韻譜》有八套，每套四冊，共三十二冊，則非《沈韻》矣。《沈韻》止一卷，焉得有此？時皇上向閣臣問：『數年前，翰林官毛奇齡所進《通韻》，今何在？』閣臣不能對，以是年宣付史館，收其書入閣中，既而取入藏皇史宬，閣臣不知也。上跼蹐曰：『記得在皇史宬。』命索之，果然。」〔註110〕皇史宬是皇帝藏寶籙、玉牒、祖宗誥制等冊的地方，是皇帝親覽縝重之書的藏地，所以毛奇齡「聞其言憬然」〔註111〕。當然，《古今通韻》在內容上是有缺陷的：「蓋其病在不以古音求古音，而執今韻部分以求古音。又不知古人之音亦隨世變，而一概比而合之。故徵引愈博，異同愈出，不得不多設條例以該之。迨至條例彌多，矛盾彌甚，遂不得不遁辭自解，而葉之一說生矣。皆逞博好勝之念，牽率以至於是也。然其援據浩博，頗有足資考

〔註107〕　（清）永鎔等，四庫全書總目〔M〕，北京：中華書局，1965：368。

〔註108〕　（日）平田昌司著，文化制度和漢語史〔M〕，北京：北京大學出版社，2016：219。

〔註109〕　（日）平田昌司著，文化制度和漢語史〔M〕，北京：北京大學出版社，2016：220。

〔註110〕　（清）毛奇齡，西河詩話〔M〕//張寅彭主編，清詩話三編·2，上海：上海古籍出版社，2015：854。

〔註111〕　（清）毛奇齡，西河詩話〔M〕//張寅彭主編，清詩話三編·2，上海：上海古籍出版社，2015：854。

證者，存備一家之學，亦無不可，故已黜而終存之焉。」〔註112〕

　　具體到樂章，毛奇齡有《呈進樂書並聖諭樂本加解說書》、《歷代樂章配音樂議》、《增訂樂章議》、《竟山樂錄》、《皇言定聲錄》、《聖諭樂本解說》等著作。在這些著作裏，毛奇齡強調「今天下大定，功成樂作，考訂鍾律，正在此時，第太常舊部，未經諳習，凡一切篇什增損，簨植沿革，宜因宜改，不敢妄論。」〔註113〕其主要的依據是：「聲音之道，與政相通，故王者功成樂作，則必辨析宮商，考定律呂，以求聲音之所在。」〔註114〕即使歸里之後，其內心仍舊是懷著揣摩聖意的意思：「壬申三月春，莊閱邸報，得聞皇上有徑一圍三隔八相生之論，因仰遵聖意，勒成一書。至五月，郵寄掌院學士，丐代為呈進。」〔註115〕毛奇齡此刻仍想著「仰遵聖意」，其揣摩聖意的意味十分明顯。

〔註112〕（清）永鎔等，四庫全書總目〔M〕，北京：中華書局，1965：368。
〔註113〕（清）毛奇齡，歷代樂章配音樂議〔M〕//毛西河先生全集·議·卷一，清嘉慶陸凝瑞堂刊本。
〔註114〕（清）毛奇齡，呈進樂書並聖諭樂本加解說書〔M〕//毛西河先生全集·奏疏，清嘉慶陸凝瑞堂刊本。
〔註115〕（清）毛奇齡，呈進樂書並聖諭樂本加解說書〔M〕//毛西河先生全集·奏疏，清嘉慶陸凝瑞堂刊本。

第六章　文人說「詩」：毛奇齡
詩經學的文學性闡釋

　　毛奇齡是經學家，對於經學的闡釋自然有經學的角度。另一方面，毛奇齡是文學家，也會以文學的觀點來看待經學。在毛奇齡的詩經學著作中，其文學性的闡釋也不少，我們要體會其真正用意。毛奇齡對於「詩」意的推求主要集中在以下幾個方面：探討詩經的意旨、分析個別字詞的用法、討論詩經篇章的結構，探尋具體的文學表現手法，這些都是通過分析《詩經》文本加以實現，最終的目的是推求《詩經》的「詩」意。毛奇齡本是文人，大多數文體都有創作的實際經驗，也寫過民歌之類的詩體，他只是對朱子的「淫詩」說進行辯證分析，比如「託詞比事」之說並不是簡單否定所有的情歌，其本身具有寓言性質和虛構形態，這就要求解經者要超越文本，注意詩經學作為文學的虛擬的性質。

第一節　經學與文學的交織

　　以往的研究表明，毛奇齡在清初經學的漢宋之爭中傾向漢學，這種觀點值得商榷。我們目前的研究深受皮錫瑞等經學史觀點的影響，往往簡單地把中國經學流派按照歷史的分期分為三大派：西漢今文派、東漢古文派、宋派。而清初的經學之論也往往簡單化為漢宋之爭，則是這種思維理路的顯現。如果我們不沿著經學家的思維過程去分析他們

的經學主張，則會成為簡單的標籤化處理方式。喬秀岩在《義疏學衰亡
史論》:「《十三經注疏》是文史哲研究離不開手的基本資料，但以往幾
乎沒有人真正探索過賈公彥、孔穎達等編寫注疏的思考過程。讀書不
是淘資料，而要體會作者的心思。」〔註1〕在這中「體會作者的心思」
的過程中，我們才能知道經學家思維過程和主張傾向。我們當然不是
簡單的判斷那點經學家說錯了，那點說對了。而深受喬先生影響的華
喆在《禮是鄭學:漢唐間經典詮釋變遷史論稿》之中也有類似的觀點。
正如華喆所說:「在經學家解說不一之處，我們應該去嘗試理解經學家
的不同學術立場，而不是簡單評判誰對誰錯。傳統經學史研究的一大
問題就在於，只關注經學家的局部結論，而忽視經學家得出結論之前
的思考過程，導致我們對於經學家的理解往往流於皮相。〔註2〕當然這
兩位先生主要是從經學的角度研究問題，從而得出結論。

　　具體到詩經學，詩經學明顯地體現出經學與文學的交織。我們要仔
細體會經學家的思考過程，其文學解經的思考過程更要注意。可以這樣
說，不同歷史時期，詮釋《詩經》的角度與方向不同，會呈現出詩經學
研究的不同風貌。例如明代詩經學，劉毓慶認為:「明代『《詩經》學』
從縱向上可自然分為兩大塊，一是經學的研究，一是文學的研究。」〔註
3〕劉先生認為:「從南宋淳熙年間朱熹編寫《詩集傳》，到明嘉靖年間，
這是《詩經》文學研究逐漸走向成熟的一個漫長過程。簡言之，其間經
歷了三個發展階段，即濫觴期、制義附庸期、成熟期。」〔註4〕而劉毓
慶把研究的視野放在了「文學研究」上，探究明代《詩經》研究從經學
到文學的轉變，認為有清一代包括姚際恒以詩讀《詩》之法等，「仍然

〔註1〕喬秀岩，義疏學衰亡史論〔M〕，北京:三聯書店，2017。
〔註2〕華喆，禮是鄭學:漢唐間經典詮釋變遷史論稿〔M〕，北京:三聯書店，
　　　　2018:9。
〔註3〕劉毓慶，從經學到文學——明代〈詩經〉學史論〔M〕，北京:商務印
　　　　書館，2001:2。
〔註4〕劉毓慶，從經學到文學——明代〈詩經〉學史論〔M〕，北京:商務印
　　　　書館，2001:271。

是承自明」〔註5〕。既然明代的詩經學下啟清代詩經學，而這種文學性解讀《詩經》的方法當然也有繼承的部分。我們沿著「文學闡釋」這條線索檢討清初詩經學。關於清初「文學闡釋」的詩經學，龔鵬程在《六經皆文》討論以文學性闡釋詩經的問題時，認為四庫館臣對一些詩經學著作的文學性闡釋說成「竟陵家法」，有時妥當〔註6〕。同時龔氏認為《四庫全書總目提要》所論以文學方法解釋《詩經》的著作約有十八種。其中涉及到清初詩經學的經學家之篇目有王夫之《詩經稗疏》、李光地《詩所》、王鍾毅《詩經比興全義》、趙燦英《詩經集成》、冉覲祖《詩經詳說》、王承烈《復庵詩說》等〔註7〕。

　　具體到毛奇齡，梁任公譏諷毛奇齡：「西河是『半路出家的經生』，與其謂之學者，毋寧謂之文人也。」〔註8〕從學者的品格上，梁任公認為：「平心論之，毛氏在啟蒙期，不失為一衝鋒陷陣之猛將，但『於學者的道德』缺焉。」〔註9〕而近人支偉成著《清代樸學大師列傳》，欲列毛奇齡於「先導大師」之中。章太炎復書云：「毛奇齡詆朱有餘，自身瑕垢則或轉過於朱（原注：如《四書改錯》，可笑可鄙之處甚多），允宜刪去。」〔註10〕又云：「阮伯元好尚新奇，故於《學海堂經解》有取毛氏。其實毛本文士，絕不知經，偶一持論，荒誕立見。故自昔無有取毛氏者，不當徇阮氏之私言也。」〔註11〕支氏遂擯去毛。梁啟超和章太炎力詆毛奇齡，當然有他們的學術立場。他們的說法卻從另外一個角度提醒我們，闡釋毛奇齡的詩經學等經學著作也要注意他的文人本性和立場。龔鵬程云：「過去我們講經學史，沿用清代樸學家的觀點，

〔註5〕劉毓慶，從經學到文學——明代〈詩經〉學史論〔M〕，北京：商務印書館，2001：271。
〔註6〕龔鵬程，六經皆文〔M〕，臺北：學生書局，2008：180～185。
〔註7〕龔鵬程，六經皆文〔M〕，臺北：學生書局，2008：185～194。
〔註8〕梁啟超，中國近三百年學術史〔M〕，上海：上海三聯書店，2006：160。
〔註9〕梁啟超，清代學術概論〔M〕，長沙：嶽麓書社，2010：16。
〔註10〕章太炎，劉師培等撰；羅志田導讀；徐亮工編校，論中國近三百年學術史〔M〕，上海：上海古籍出版社，2006：65。
〔註11〕支偉成著，清代樸學大師列傳·上〔M〕，長沙：嶽麓書社，1986：2。

尊經抑文，將文人說經者屏諸視域之外；講文學史，又把文人形容成離經叛道者，不但不嫻經術，無意資治，更以反禮教反道學為事。這都是文經分途的辦法，宋元明清的人可不是如此。」〔註12〕

文經分途的做法顯然不符合經學和文學交融的事實。以往的研究往往認為毛氏的詩經學著作注重考證、辨偽等方面，研究的方向的聚焦點一直在這些方面，偶有提及其詩經學的文學性闡釋，也往往浮光掠影，不成系統。如洪楷萱《毛奇齡詩經學研究》從毛奇齡的詩經學觀、毛奇齡的詩經學與朱熹《詩集傳》、毛奇齡詩經學的漢學傾向等幾個方面加以探討，以經學闡釋作為論題的研究視角，研究具有一定的深度。另薛立芳《毛奇齡「詩」學研究》，從毛奇齡「詩」總論研究和毛奇齡《詩三百》篇研究兩個層面展開，論文雖在「《毛詩寫官記》之逍遙詩海」這一節提及到「文學視角下的《詩三百》研究」，主要從「緣情說詩」、「以詩解《詩》」兩個方面對個別的篇章展開討論，但論文側重於毛奇齡經學考據，仍偏重於「經學視角」。

我們首先看看毛奇齡《國風省篇》的一段文字：「夫《詩》也，而何以謂之風哉？曰：雨之及人也有形，日與月仰之而可以指也，霜者得睹其為霜，露者得睹其為露。惟風之及人也不可見，不可見，故其入微也。且夫天將雨，而棟宇則為之蔽也，雖有嚴霜，不能越禪絞之衣。太行之北，民有不見日月者。惟風之來也無不入，無不入，故其感深也。〔註13〕此段文字可以看出毛奇齡的文人品性，對於《詩經》之「風」的解釋頗有文學色彩。「惟風之來也，無不入。無不入，故其感深也。」〔註14〕把「風」的自然形態和文學作品感人至深的特癥結合起來，形象貼切而又生動。又云：「今夫當春風之吹，溥汜而疏通，當之者泄泄然也。其或不然，清風而瀟涼，炎風而滔；其或悲風而蓬從不平，其對

〔註12〕龔鵬程，六經皆文〔M〕，臺北：學生書局，2008：122。
〔註13〕（清）毛奇齡，國風省篇〔M〕//毛西河先生全集，清嘉慶陸凝瑞堂刊本。
〔註14〕（清）毛奇齡，國風省篇〔M〕//毛西河先生全集，清嘉慶陸凝瑞堂刊本。

之者則怒也，悲可哀也，惆悵而不得所願也。然而四時之行矣。乃曰：春夏之風，正風也；秋冬之風，變風也，則不可信也。」〔註15〕以春夏秋冬之風的變化作為比喻，認為風的炎涼程度有所不同，但不同就此認為春夏之風是正風，而秋冬之風就是變風。由此可見，文學與經學有時並不能截然分開，經學可能隱含著文學的要素，文學著作也可能有經學的觀點。

再看看毛奇齡對於「詩」的某些具體解釋，《毛詩寫官記》卷二對《褰裳》的解讀：「女子曰：『子思我，子當褰裳來。』嗜山不顧高，嗜桃不顧毛也。」〔註16〕朱熹《詩集傳》釋《褰裳》則云：「淫女語其所私者曰：『子惠然而思我，則將褰裳而涉溱以從子。』」〔註17〕朱氏認為女子將「褰裳」以從「狂童」。而毛奇齡把抒情主人公定位於女子，應是女子要求「狂童」前來，所謂「嗜山不顧高，嗜桃不顧毛」，這是非常形象而具有文學性的比方。毛氏的詮釋與朱熹的理解卻正好相反，顯然毛奇齡的詮釋更符合詩意。〔註18〕而此文後，胡方叔評曰：「雋妙至此，那得不解人頤？」〔註19〕顯然評語隱含文學性之義。

第二節　因文求義：毛奇齡對「詩」意的推求

毛奇齡的詩經學著作有《毛詩寫官記》四卷、《詩札》二卷、《詩傳詩說駁義》五卷、《續詩傳鳥名》三卷、《白鷺洲主客說詩》一卷、《國風省篇》一卷。其文學性闡釋主要集中在《毛詩寫官記》、《詩札》、《白鷺洲主客說詩》、《國風省篇》中。這些文學性的闡釋實際是對「詩」意

〔註15〕　（清）毛奇齡，國風省篇〔M〕//毛西河先生全集，清嘉慶陸凝瑞堂刊本。

〔註16〕　（清）毛奇齡，毛詩寫官記·卷二〔M〕//毛西河先生全集，清嘉慶陸凝瑞堂刊本。

〔註17〕　（南宋）朱熹，詩集傳〔M〕，北京：中華書局，2011：68。

〔註18〕　趙達夫，注評詩經〔M〕，長江文藝出版社，2015：100。

〔註19〕　（清）毛奇齡，毛詩寫官記·卷二〔M〕//毛西河先生全集，清嘉慶陸凝瑞堂刊本。

的推求，正如方玉潤所說：「讀《詩》當涵泳全文，得其通章大意，乃可上窺古人義旨所在，未有篇法不明而能得其要領者。」〔註20〕一方面，毛奇齡詩經學並不能簡單地歸結為擁護漢學，其對「詩意的推求」對漢學解釋詩意有所繼承，但又有所批判，提出自己的觀點。另一方面，毛奇齡對朱熹詩經學以批判為主，「毛奇齡等力攻朱學，《詩集傳》一派終於難以固守元明以來的陣地，逐漸潰不成軍」〔註21〕。毛奇齡對朱子詩經學的批判多集中在名物考證的方面，而「涵泳詩文」的文學性闡釋卻又與朱熹的詩經學有某些相通之處，馬昕對此說：「他反對宋儒那種揣度詞句、以詩證詩的做法……但從毛西河的其他《詩經》學著作（如《國風省篇》和《毛詩寫官記》）中卻又不難發現，他自己也常常僅靠詩篇詞句來立論。」〔註22〕毛奇齡對於「詩」意的推求主要集中在以下幾個方面：探討詩經的意旨、分析個別字詞的用法、討論詩經篇章的結構，探尋具體的文學表現手法，這些都是通過分析《詩經》文本加以實現，最終的目的是推求《詩經》的「詩」意。

關於詩經的整體意旨，諸如對於《凱風》主旨的討論，體現了毛奇齡揣摩詩意的文學性「推求」。如《國風省篇》云：「《凱風》，孝子自責也。其自責何也？則以其母之責之也，以其母之責子之過情也。舊曰：『七子之母，不安其室。』豈其然與？夫不知其詩者，當讀其詩。詩曰：『莫慰母心』、曰：『母氏劬勞』、曰：『母氏勞苦』、曰：『母氏聖善』。若曰：『何其卒不得當母心也』、若曰：『使母氏瘁至此極也』，若曰：『子不令母氏無過也。』假曰：不安室則『莫慰母心』似矣，則何『劬勞』、『勞苦』之有哉？……假曰：不安室，則其義與父絕矣，與父義絕，且淫亂也……則何吾母聖善之有哉？夫學詩者讀其詩，且當讀其讀是詩者，其曰必責子過情也，是何也？曰：昔孟子嘗讀是詩矣，孟子曰：『不

〔註20〕（清）方玉潤撰，詩經原始·凡例〔M〕，北京：中華書局，1986：2。
〔註21〕洪湛侯著，詩經學史〔M〕，北京：中華書局，2002：469。
〔註22〕馬昕，毛奇齡《詩》學理論的邏輯推演與困境突圍〔J〕，安徽師範大學學報（人文社會科版），2014，42（05）：569～575。

可磯，是不孝也。』是責子也。白石齒齒而流是激，有母斷斷而七子怨望，以德母則然矣，孝何如矣。故若曰：焉有孝子而不可以訕自處者，焉有孝子而不可以少拂者，故曰不可磯，夫磯以過責耳。且孟子言之彼將與《小弁》例矣，以周幽王之出其子而子怨也，以《凱風》之責其子而子不怨也，均責子也，則此可例耳。不然國之大事在社稷，家之大事在閨幃，吾未見其過之有大小也，則何宜怨不怨之有哉。」〔註23〕

《凱風》的主旨歷代都是爭論話題，《小序》云：「《凱風》，美孝子也。衛之淫風流行，雖有七子之母，猶不能安其室，故美七子能盡其孝道，以慰其母心，而成其志爾。」〔註24〕《鄭箋》：「不能安其室，欲去嫁也。成其志者，成言孝子自責之意。」〔註25〕《鄭箋》與《小序》在《凱風》詩旨上的意見有所不同，顧頡剛以為：「(《小序》)他的意思，明是七子慰母之心而成母之志。鄭氏以為改嫁不妥，故注云：『成其志者，成言孝子自責之意。』成字如何有自責之義？」〔註26〕毛奇齡的觀點與鄭氏有相似之處，還是認為此詩的主旨是孝子自責之意，毛奇齡進一步認為母親責之，才使其有自責之意，這和《鄭箋》之說有所不同。關於「自責」之意，「夫不知其詩，當讀其詩」，應玩味其詩意，「莫慰母心」、「母氏劬勞」、「母氏勞苦」、「母氏聖善」，從這些詞句則可以感覺孝子自責之意，「何其卒不得當母心也」，「使母氏瘁至此極也」。毛奇齡認為，假設此詩有七子之母不安其室，七子莫慰母心之意，但是「劬勞」、「勞苦」之字眼卻難以說明。假設此詩有七子之母不安其室之意，那麼當與父絕，與父義絕，且又淫亂，而詩中又有「母氏聖善」之詞，又當作何種解釋呢？那麼母親又是怎樣責之呢，毛奇齡引孟子

〔註23〕　(清) 毛奇齡，國風省篇〔M〕//毛西河先生全集，清嘉慶陸凝瑞堂刊本。

〔註24〕　蔣鵬翔主編，阮刻毛詩注疏·2〔M〕，杭州：西泠印社出版社，2013：333。

〔註25〕　蔣鵬翔主編，阮刻毛詩注疏·2〔M〕，杭州：西泠印社出版社，2013：333。

〔註26〕　顧頡剛著，顧頡剛全集·顧頡剛讀書筆記·卷1〔M〕，北京：中華書局，2011：273～274。

話，孟子回答公孫丑問題，《凱風》為何不怨？孟子云：「《凱風》，親之過小者也；《小弁》，親之過大者也。親之過大而不怨，是愈疏也；親之過小而怨，是不可磯也。愈疏不孝也，不可磯亦不孝也。」〔註27〕毛奇齡引《孟子》，認為是母責子之過情，過情即是超越常情，正是孟子所說不可磯，應是不應該的激怒。但孟子承認《凱風》是母有過錯，但是這種過錯並沒有說明是什麼，只是說過錯之小，不應該怨恨和激怒。而毛奇齡卻從另外一個角度認為孝子有過激的行為，所以母親責怪了孝子，孝子因而醒悟而自責。當然這種解釋迂曲了些，但是卻是毛奇齡文人說詩的方式，主要通過《詩經》的整體意旨來揣摩文意。

　　《毛氏寫官記》卷二：「『蟋蟀在堂，歲聿其暮』。或乃言曰：『蟋蟀九月而在堂，故蟋蟀在堂，而歲已晚也。』曰：『非也，蟋蟀方在堂，甫秋也，而歲忽已暮也，時之易逝也。故曰日月其除矣，可思也。世無九月而蟋蟀始在堂者，《毛傳》以周十月當卒歲，而此云歲暮，則必在九月，故九月耳。按，《月令》曰：『季夏之月，蟋蟀居壁。』《逸周書》曰：『小暑之月，溫風至。又五日，而蟋蟀居壁。』居壁者，在堂也。《易通‧卦驗》曰：『乃立秋而蜻蜊上堂。』蜻蜊即蟋蟀，然曰小暑，曰立秋，曰季夏，則已皆非九月矣。然而甫過此而歲又已暮。諺不云乎：『三飯四餐，人不長飽。三過黃梅，四過六月，而人忽已老。』不可思耶？故杜甫詩云：北風吹蒹葭，蟋蟀近中堂。荏苒百工休，鬱紆遲暮傷。』此非也。何也？其曰北風，則猶惑乎毛氏之語也。然而其云『鬱紆也，可思也』，彼亦有感乎易逝也。」〔註28〕《蟋蟀》是唐風中的一篇，其主旨據《小序》云：「《蟋蟀》，刺晉僖公也。儉不中禮，故作是詩以閔之，欲其及時以禮自虞樂也。」〔註29〕朱熹則認為是：「唐俗勤

〔註27〕（唐）孔爽，孟子注疏‧卷十二上‧告子章句‧下〔M〕//十三經注疏8，臺北：藝文印書館，2007：211。

〔註28〕（清）毛奇齡，毛詩寫官記‧卷二〔M〕//毛西河先生全集，清嘉慶陸凝瑞堂刊本。

〔註29〕蔣鵬翔主編，阮刻毛詩注疏‧3〔M〕，杭州：西泠印社出版社，2013：849。

儉，故其民間終歲勞苦，不敢少休。及其歲晚務閒之時，乃敢相與燕飲為樂。而言今蟋蟀在堂，而歲忽已晚矣。當此之時而不為樂，則日月將捨我而去矣。然其憂深而思遠也。」〔註30〕姚際恒則以為《小序》、《詩集傳》皆謬，認為：「前篇先言及時行樂，後言無過甚；此篇惟言樂而已，可謂答之乎！」〔註31〕姚際恒之說應該更契合詩意，毛奇齡沒有過多地糾結這些方面，他是從「蟋蟀在堂」這句話來進行說明詩意，當然這種說明運用了考證和文學性闡釋兩個方面，「在詩學研究中，毛奇齡亦十分注重考證方法的運用，並且將之與詩本文的考察相結合」〔註32〕。但不能忽略的是，毛奇齡的文學性闡釋更能說明問題的實質，更能闡釋詩之旨意。特別是對於諺語和杜甫詩歌的引用。由引用《月令》、《逸周書》、《易通‧卦驗》等證明「蟋蟀在堂」並非是在九月，而是在小暑或立秋或季夏之時，並不是《毛傳》所說的「九月在堂，聿遂除去也」〔註33〕，而之後引用諺語則意在說明詩意主旨，「蟋蟀在堂」之時一過，歲暮即將來臨，必然會產生「遲暮」之感。這時再引用杜甫之詩，作為反證，其文人說經的特性展露無疑。

同時，毛奇齡對於《詩經》同一篇章往往有著不同側面的解讀。《毛詩寫官記》卷一云：「彼黍離離，彼稷之苗。大夫行役者或至宗周，過故時宗廟宮室，盡為禾黍，彷徨焉而不忍去。嗟乎！遂諷其所見黍之實與稷之苗，而為之興之。……此或未然，然而其所云，有憂懣而不識於物，則中心靡煩，兩目眯物，故都丘墟，觸而生傷。故曰：豈行邁之靡靡，抑中心之搖搖也。故曰：見之有見而目瞿，見非所見而心瞿。」〔註34〕這是從文學和心理的層面來進行分析《黍離》的詩旨。毛奇齡好友蔡大敬云：此與《省篇》《黍離》另出一意，彼以辨超，此以情摯，各極其妙。

〔註30〕　（南宋）朱熹，詩集傳〔M〕，北京：中華書局，2011：68。
〔註31〕　（清）姚際恒著，詩經通論〔M〕，中華書局，1958：130。
〔註32〕　薛立芳，毛奇齡「詩」學研究〔D〕，北京師範大學，2008：103。
〔註33〕　蔣鵬翔主編，阮刻毛詩注疏〔M〕，杭州：西泠印社出版社，2013：850。
〔註34〕　（清）毛奇齡，毛詩寫官記‧卷一〔M〕//毛西河先生全集，清嘉慶陸凝瑞堂刊本。

兩種不同的說法，可以作為比較，毛奇齡的經生與文士的風格顯現。

　　而《國風省篇》的《黍離》毛奇齡則是從考證的角度來對《黍離》進行分析，這種分析可以看出毛奇齡注重實證的特點，在考證的過程中，他並不是簡單遵守一家一派。《小序》云：「《黍離》，閔宗周也。周大夫行役，至於宗周，過故宗廟宮室，盡為禾黍，閔周室之顛覆，彷徨不忍去，而作是詩也。」〔註35〕《小序》的這種看法，毛奇齡認為這是拘泥於《麥秀歌》之說。劉向《新序》則是附會衛伋與壽之事。更有人認為是這是閔孝子伯奇，所謂尹吉甫信後妻之言，殺伯奇，其弟伯封求伯奇不得，因作此詩。曹植的說法可以作為明證。薛漢《韓詩章句》也認為是伯奇和伯封之間的故事，毛奇齡引《韓詩章句》：「求之不得，遂憂懣不識於物」〔註36〕這與馬國翰從《太平御覽》輯佚之文略有差異。〔註37〕毛奇齡接著引羅願之文云：「彼黍離離，誤謂此稷苗也」〔註38〕，毛氏可能是引用羅願的《爾雅翼》之文，但也有誤解之處。〔註39〕毛氏最後的結論是：「《黍離》，念亂也。『彼黍離離，彼稷之苗』，『園有桃，其實之肴』也；『行邁靡靡，中心搖搖』，『心之憂矣，歌且謠』也；『知我者，謂我心憂；不知我者，謂我何求』，『其誰知之』也；悠悠蒼天，此何人哉，亦勿思也。」〔註40〕毛氏在引證相關文獻之後，認為

〔註35〕蔣鵬翔主編，阮刻毛詩注疏〔M〕，杭州：西泠印社出版社，2013：580。

〔註36〕（清）毛奇齡，國風省篇〔M〕//毛西河先生全集，清嘉慶陸凝瑞堂刊本。

〔註37〕案：檢馬國翰《玉函山房輯佚書》，薛漢《韓詩薛君章句》「彼黍離離」條：《黍離》，伯封作也。詩人求己兄不得，憂不識物，視彼黍乃為稷。（馬國翰《玉函山房輯佚書》第一冊，薛漢《韓詩薛君章句》，廣陵書社2004年版，第534頁）

〔註38〕（清）毛奇齡，國風省篇〔M〕//毛西河先生全集，清嘉慶陸凝瑞堂刊本。

〔註39〕案：檢羅願《爾雅翼》云：彼黍離離，彼稷之苗者。黍大體似稷，故古人並言黍稷。今人謂黍為黍穄。行役之人有憂於內，則有不察於外，故於此或不能辨也。（羅願《爾雅翼》卷一，清文淵閣四庫全書本）羅願認為是行役之人「有憂於內」，且黍稷區別不大，所以「不能辨也」。

〔註40〕（清）毛奇齡，國風省篇〔M〕//毛西河先生全集，清嘉慶陸凝瑞堂刊本。

《黍離》的主題便是「念亂」，實際上強調這種「亂」不好確指是歷史上的具體動亂。其慷慨悲涼的情調與《園有桃》相似，毛氏引詩證詩，其文學性的闡釋不言而明。

需要指出的是，對詩意的推求，即使對朱子的反駁，這裡可以看出朱子解詩有時是從字面之義出發，所謂「直譯」，毛氏則認真揣摩詩意：「或乃言曰：及爾偕老，老使我怨。朱子曰：「我與爾本期偕老，而老而見棄，乃如此是使我怨也。」寫官曰：甫總角之宴也，而三歲食貧，遽云老耶？或曰：今既如此，則他日老將使我怨也。又不然，若云：爾嘗言與爾偕老，與爾偕老，老乎？使我怨而已，蓋調之也。調其是語。」〔註41〕《氓》是一首棄婦詩，關於「及而偕老，老使我怨」，朱熹曾這樣解釋：我本來希望與白頭偕老，而老了時，卻被拋棄，如此則使我對你怨恨。毛奇齡則吟詠詩意，認為朱熹解釋不合。即使有人這樣的解釋：今日你對我如此惡劣，到了老時，則使我對你才產生怨恨。毛氏認為此解釋也不盡合理。按照毛氏的理解：士曾許諾與女子白頭偕老，而在未老之時卻背叛了誓言，如此則讓女子產生了怨恨。這是女子對士的無情控訴，需要仔細涵泳，才能正確地理解詩意。這種理解比朱子的理解顯然更深入了一層。

毛奇齡十分注重對於《詩經》篇章結構的探討，其對「詩」意的推求也是十分的明顯。毛奇齡對《谷風》的解釋也可以看出其對《詩經》篇章結構的關注。《谷風》：「我有旨蓄，亦以御冬。宴爾新昏，以我御窮。」毛奇齡重點強調的是：「樹無菁者，亦曰冬有根可斷而食也。然則我之從爾者，亦曰我得與爾老也，不謂當爾窮止也。此應『采葑采菲』四語。」〔註42〕此四句照應的是上文「采葑采菲，無以下體。德音莫違，及爾同死」之語。葑、菲的葉和根都可以食用，甚至根的味更美，

〔註41〕 （清）毛奇齡，毛詩寫官記·卷三〔M〕//毛西河先生全集，清嘉慶陸凝瑞堂刊本。

〔註42〕 （清）毛奇齡，毛詩寫官記·卷一〔M〕//毛西河先生全集，清嘉慶陸凝瑞堂刊本。

男子卻因為女子色衰而拋棄了她，而葑、菲的根則象徵著女子的美德。「我有旨蓄」四句隱含之義和「采葑采菲」等句的意涵恰有照應之處。《谷風》：「有洸有潰，既詒我肄。不念昔者，伊余來塈。」毛氏云：「有洸有潰，怒也。念昔與爾同心時，宜有怒耶？此應『習習谷風』四語。」〔註43〕毛奇齡應該指的是《谷風》的這四句「習習谷風，以陰以雨。黽勉同心，不宜有怒」有照應之處。「不念昔者」，毛氏解釋為「年息與爾同心時，宜有怒耶？」《鄭箋》卻是這樣闡釋：「君子忘舊，不念往昔年稚我始來之時安息我。」〔註44〕《正義》則云：「我以勞苦之事，不復念昔者我幼稚始來之時安息我也。由無恩如此，所以見出，故追而怨之。」〔註45〕毛奇齡的解釋與《鄭箋》和《正義》的解釋略異，甚至更勝一籌，更貼近詩意，因為毛氏從整體結構的照應上進行闡釋。對此，駱幼重評價云：「得此二應，則葑菲之美、谷風之暴瞭然也。且『誰謂荼苦』、『涇以渭濁』，各以『宴爾新昏』句兩下對接，不惟辭旨直截，抑且章法井井。特不知從前，何以拗曲乃爾？」〔註46〕駱氏所云「拗曲」應指的是《正義》的闡釋，《正義》云：「上經與此互相見，以舊室比旨蓄，新婚比新蔡，此云『宴爾新婚』，則上宜云『得爾新菜，上言『我有旨蓄』，此宜云『爾有舊室』。得新菜而其棄旨蓄，猶得新昏而棄己。又言己為之生有財業，故云『至於富貴』也。己言為致富耳，言貴者，協句也。」〔註47〕相較而言，毛氏對於篇章結構的分析更為井井有條，辭旨更為明確直截，更助於我們對詩整體理解。

　　毛奇齡說詩有對《詩經》之具體的文學表現手法的探討，賦、比、興是《詩經》的主要的表現手法，毛奇齡對此也多有探討。《毛詩寫官

〔註43〕（清）毛奇齡，毛詩寫官記·卷一〔M〕//毛西河先生全集，清嘉慶陸凝瑞堂刊本。
〔註44〕蔣鵬翔主編，阮刻毛詩注疏〔M〕，杭州：西泠印社出版社，2013：362。
〔註45〕蔣鵬翔主編，阮刻毛詩注疏〔M〕，杭州：西泠印社出版社，2013：362。
〔註46〕（清）毛奇齡，毛詩寫官記·卷一〔M〕//毛西河先生全集，清嘉慶陸凝瑞堂刊本。
〔註47〕蔣鵬翔主編，阮刻毛詩注疏〔M〕，杭州：西泠印社出版社，2013：362。

記》卷三對《斯干》進行討論：「秩秩斯干，幽幽南山。如竹苞矣，如松茂矣。甲則曰：『此室也，臨水而面山，其下之固，如竹之苞焉，其上之密，如松之茂焉。寫官曰：「非也，是未為室之始也。是落成燕飲，而追敘其築室之始也。是地有水有山，有松有竹，可以為室。況兄弟相好，而能嗣厥考，是肯堂肯構者也，遂築室焉。於是始進言築室之事。王雪山云：『如非喻也，乃枚舉焉爾。』言有如是者，蓋築室之事首經營，經營之功先相度。故《逸周書》云：『南望三途，北望嶽鄙。故《西京賦》云：於前則終南太一，於後則據渭踞涇。』」〔註48〕毛奇齡這裡的討論還是把朱熹的《詩集傳》的說法作為反駁的對象。朱熹不認同《鄭箋》的看法，《鄭箋》認為「秩秩斯干，幽幽南山」為「興」：「興者，喻宣王之德如澗水之源，秩秩流出無極已也。國以饒富，民取足焉，如於深山。」〔註49〕而朱熹認為此詩前半部分為「賦」，且說：「此築室既成，而燕飲以落之，因歌其事。言此室臨水而面山，其下之固，如竹之苞，其上之密，如松之茂。」〔註50〕但毛奇齡認為這時這是追敘建築此室的情況，當時「室」並未建成，所謂有山有水，有松有竹等，並不是朱熹所說此是此室落成之後，在燕飲之時，對於「室」周圍環境的描述。我們認為毛奇齡的說法更合理，更符合《斯干》的整體文意和結構。《毛詩寫官記》引蔣大鴻之語：「凡作詩有起訖，首節未作室時事。故《鄭箋》以如竹如松，比民之眾多，以為作室之本。朱子竟比室，則做法蕩然矣。特《箋》以首二句，亦作比，則不必矣。」〔註51〕蔣大鴻應該認同毛奇齡的說法，《斯干》首節即是追憶之語，此時「室」還未建成。

　　毛奇齡還有對「興」的手法的探討，以此加深對「詩」意的理解。《毛詩寫官記》卷一云：林有樸樕，野有死鹿。白茅純束，有女如玉。

〔註48〕（清）毛奇齡，毛詩寫官記·卷一〔M〕//毛西河先生全集，清嘉慶陸凝瑞堂刊本。

〔註49〕蔣鵬翔主編，阮刻毛詩注疏〔M〕，杭州：西泠印社出版社，2013：1506。

〔註50〕（南宋）朱熹，詩集傳〔M〕，北京：中華書局，2011：164。

〔註51〕（清）毛奇齡，毛詩寫官記·卷一〔M〕//毛西河先生全集，清嘉慶陸凝瑞堂刊本。

甲曰：『朱子曰：『興矣，上三句興下一句矣，敢取是？』寫官曰：『詩無三句興一句矣，吾聞《詩》有興之興，《伐木》與《野有死麕》矣。林有者，興野有者也。此猶之丁丁之興嚶嚶也。若夫茅之白可興女之白，則猶之乎友之聲興友之生矣，故曰：『辨乎興之興，而可以言詩』」〔註52〕。《野有死麕》之「林有樸樕，野有死鹿。白茅純束，有女如玉」，朱熹認為是「興」，且前三句興起最後一句「有女如玉」，按照朱子的理解：「興者，先言他物以引起所詠之詞也。」〔註53〕這種「興」應該是引起之意，和詩的本義應無大的關係。毛奇齡認為這種朱熹所說的以三句興一句，則是錯誤的，其層次應該是「林有樸樕」興起「野有死鹿」，「白茅純束」興起「有女如玉」，所謂「興之興」就是指的是這四句中可以看做「興」，其內部又有「興」。這應該是毛氏關於《野有死麕》中「興」的一種獨到的見解，雖值得商榷，但不失為一種意見。

第三節 「淫詩」之論：國風的寓言性質和虛構形態

毛奇齡本是文人，大多數文體都有創作的實際經驗，也寫過民歌之類的詩體，他只是對朱子的「淫詩」說進行辯證，比如「託詞比事」之說並不是簡單否定所有的情歌，他是從文學的角度說明朱子所提出的「淫詩」說錯誤的根源所在。《毛傳》、《小序》解釋詩意往往本於儒家詩教，有的甚至牽強附會，甚至出現無法解釋詩意的現象。如對《靜女》的解釋，《小序》：「《靜女》，刺時也，衛君無道，夫人無德。」而朱子謂《靜女》詩為「此淫奔期會之詩」〔註54〕。如對《子衿》的解釋，《小序》：「《子衿》，刺學校廢也。亂世則學校不修焉。」朱子則認為：「此亦淫奔之詩。」〔註55〕朱子對於《小序》的認識有一個過程，

〔註52〕（清）毛奇齡，毛詩寫官記·卷一〔M〕//毛西河先生全集，清嘉慶陸凝瑞堂刊本。
〔註53〕（南宋）朱熹，詩集傳〔M〕，北京：中華書局，2011：2。
〔註54〕（南宋）朱熹，詩集傳〔M〕，北京：中華書局，2011：34。
〔註55〕（南宋）朱熹，詩集傳〔M〕，北京：中華書局，2011：34。

朱氏云：……後來方知，只盡去小序，便自可通，於是盡滌舊說，詩意方活」。〔註56〕朱氏廢序觀點主要受到鄭樵觀點的影響〔註57〕，鄭氏認為小序為「村野妄人」所作。廢序的觀點使得朱熹採取另一種釋詩角度，即採取文學性的讀經方式，提出「淫詩」說是朱氏釋詩的重要特徵。

　　莫礪鋒認為：「在《詩經》學從經學走向文學的過程中，朱熹的「淫詩」說具有特別重大的意義。」當然，「他（朱熹）明白那些愛情詩本是民間的歌謠，是民間的男女自道其情、自敘其事的作品。但他無法說明為什麼它們竟堂而皇之地出現在《詩經》這部經典中，為什麼孔子也不將它們刪去，於是只好勉強地以『為戒』二字解之。」〔註58〕所以朱熹從文學的角度，把一些所謂的愛情詩歸為「淫詩」一類。到了元明兩代，朱熹的《詩集傳》更作為科舉取士參考書，朱氏詩經之學廣為接受，其「淫詩」也在不同的年代引起不同的影響。但也有不同意見，如楊慎《丹鉛總錄》：「《論語》：鄭聲淫。淫者，聲之過也。水溢於平地曰淫水，雨過於節曰淫雨，聲濫於樂曰淫聲，一也。鄭聲淫者，鄭國作樂之聲過於淫，非謂鄭詩皆淫也。後世失之解，鄭風皆為淫詩，謬矣。《樂記》曰：流辟邪散、狄成滌濫之音作而民淫亂。狄與逖同，逖成言樂之一終甚長，淫泆之意也。逖成者，若古之曼聲後世之花字。今俗所謂勞病腔之類耳。〔註59〕明末清初，學者「論《詩》雜採漢宋，幾乎是清代前期的一種普遍傾向，論者在著作中引據前人的說解，往往漢學、宋學兼而及之，多數稍偏於漢。」〔註60〕這一時期對於「淫詩」問題，學者多有論及，如錢澄之《田間詩學》認為《匏有苦葉》絕不是《小序》所

〔註56〕（南宋）朱熹《朱子語類》，卷第八十，中華書局版
〔註57〕莫礪鋒，從經學走向文學：朱熹「淫詩」說的實質〔J〕，文學評論，
　　　　2001（02）：79～88。
〔註58〕莫礪鋒，從經學走向文學：朱熹「淫詩」說的實質〔J〕，文學評論，
　　　　2001（02）：79～88。
〔註59〕（明）楊慎撰，丹鉛總錄・卷十四〔M〕，明嘉靖三十三年梁佐校刊本。
〔註60〕洪湛侯，詩經學史〔M〕，北京：中華書局，2002：457。

說「刺衛宣公也，公與夫人並為淫亂」，也不是朱子所言「刺淫亂之詩」，而「當是媒氏以仲春會男女之無夫家者，此守禮之士雖踰婚期，不肯苟就而作是詩」顯然錢氏強調是「禮」，而不是「淫」，強調的是封建倫理道德。再如朱鶴齡《詩經通義》引《子衿》篇，《小序》謂《子衿》「刺學校廢也」，鄭箋謂「學子而俱在學校之中，已留彼去，故隨而思之耳」。〔註61〕朱鶴齡並引程頤之說，「學校不修，學者廢業，賢者念之而悲傷」。鶴齡云：「此詩之義最為明白，朱子例作淫奔，殆不可解。」〔註62〕朱鶴齡對朱子所云「淫奔之詩」的說法感到困惑，認為鄭玄、程頤等人的說法有理有據，最令人信服。再如陳啟源《毛詩稽古編》，四庫館臣認為其「所辨正者，惟朱子《集傳》為多」。對於「淫詩」，陳氏云：朱子辨說謂孔子「鄭聲淫」一語，可斷盡鄭風二十一篇，此誤矣。夫孔子言鄭聲淫耳，曷嘗言鄭詩淫乎？聲者，樂音也，非詩辭也。淫者，過也，非專指男女之欲。古之言淫多矣，於星言淫，於雨言淫，於水言淫，於刑言淫，於遊觀田獵言淫，皆言過其常度耳。樂之五音十二律長短高下，皆有節焉。鄭聲靡曼幻眇，無中正和平之致，使聞之者導欲增悲沉溺而忘返，故曰淫也。朱子以鄭聲為鄭風，以淫過之淫為男女淫慾之淫，遂舉鄭風二十一篇，盡目為淫奔者所做。」陳啟源此處要說明的是：「鄭聲」與「鄭詩」是有區別的，不能混淆兩者的區別。而且「淫」的含義原來也不是朱子所定義的那樣，是「過」的含義。另外鄭聲因為「無中正和平之致」，才被稱為「淫」，並不是朱子所表舉「男女淫慾之淫」。其實這種說法和毛奇齡的說法有點相像，毛氏在《白鷺洲主客說詩》中云：鄭聲非鄭詩也，子夏對文侯曰：『君之所問者樂也，所好者音也，樂與音本一類而尚不同。若詩與聲，則真不同之極者。《虞書》：「詩言志，聲依永。」聲與詩分明兩事，故《丹鉛錄》曰：『《論語》：『鄭聲淫』，淫者，聲之過也。水溢於平曰『淫』，雨過於節

〔註61〕 蔣鵬翔主編，阮刻毛詩注疏〔M〕，杭州：西泠印社出版社，2013：708～709。

〔註62〕 （清）朱鶴齡，詩經通義〔M〕，清文淵閣四庫全書本。

曰『淫』，聲溢於詩曰『淫』。』聲能溢詩，詩豈能溢聲乎？乃朱氏《語類》且謂鄭衛同淫，而夫子獨放鄭聲者，衛詩三十九，「淫」才四之一。鄭詩四十一，「淫」不啻七之五。鑿鑿以二國詩篇較「淫」深淺，則夫子當云『放鄭詩』，不當云『放鄭聲』矣。況放者，《說文》：『逐也。』《廣韻》：『去也。』《左傳正義》：『放棄之也。』豈有明言逐其詩？〔註63〕毛奇齡在這裡引用子夏的說法，區分樂與音、詩與聲的區別，其著重點在於詩聲之別。毛氏引用《虞書》、《丹鉛錄》論證聲與詩的區別，所謂「聲能溢詩」，而「詩不能溢聲」。而且從總量來算，衛詩的「淫詩」要少於鄭詩的「淫詩」，因而孔夫子應該說「放鄭詩」，不應該說「放鄭聲」。毛奇齡的這種說法明顯吸收前人的觀點，加以論證。

　　《四庫全書總目提要》之《白鷺洲主客說詩》條云：「事夫先王陳詩以觀民風，本美刺兼舉，以為法戒。即他事有刺，何為獨不刺淫，必以為鄭風語語皆淫，固非事理。必以為鄭風篇篇皆不淫，亦豈事理哉。」四庫館臣「淫詩」問題持平之論，認為鄭風不會「語語皆淫」，也不可能「篇篇皆不淫」。而且三百篇「不必實有其人其事」，「不過人心佚蕩，相率摹擬形容，視為佳話。而讀者因知為衰世之意。推之古人，諒亦如是。此正采風之微旨。」〔註64〕其實，這種觀點毛奇齡早已提過，在《與吳廣文論國風男女書》云：「以為朱子注淫詩未必無意，此殊惑也。國風男女大抵皆風人寓言，並非實事。且其事別有在如國風好色，此寓言也。詞也而不淫，則別有事也。幼時亦惑於朱子之說，見國風無男女者，亦似淫詩，如《十畝之間》『桑者閒閒』亦謂桑者是蠶婦，乃不幸而其言已行世。及其既悔之，而以觀國風則凡彼美人兮，有美一人皆君子人矣。」毛奇齡在這裡強調國風的寓言性質，強調文學的虛構性，所謂「並非實事」。這和四庫館臣所謂「不必實有其人其事」的觀點不謀而和。毛奇齡認為讀者不必執拗「國風好色而不淫」這句孔子的話。在

〔註63〕　（清）毛奇齡，白鷺洲主客說詩〔M〕//毛西河先生全集，清嘉慶陸凝瑞堂刊本。
〔註64〕　（清）永鎔等，四庫全書總目〔M〕，北京：中華書局，1965：145。

毛奇齡看來，朱子犯的一個錯誤，就是詩經必有「實事」，「淫詩」之說是其執拗詩意的集中體現。莫礪鋒強調朱子的「淫詩」說在經學走向文學的進程中具有重大的意義，而毛奇齡解詩方法何嘗不是一種文學的解經方式？強調國風的寓言特徵和託言比事，在我們看來，正是一種文學的解讀，這種解讀貫穿在《白鷺洲主客說詩》之中。

朱氏闢《小序》，亦必有說以處此，如」青青子衿」，《小序》謂刺學校，而朱氏確然以為遙奔，以為詞意儇薄，施之於學校，不相似也。如此何如？乙曰：「此正全不識詩而漫然以安臆斷之者也。詩人之意有故為儇語而實重，故為薄語而實厚者。袞衣留周公，詞亦甚儇，然情則重矣。麥秀傷故都，語雖甚薄，然思則厚矣。且風人之旨意在言外。故言不足以盡意，必考時論事而後知之。閻潛丘嘗曰：『唐人朱慶餘作《閨情》一篇獻水部郎中張籍，其詩曰：『洞房昨夜停紅燭，待曉堂前拜舅姑。妝罷低聲問夫婿，畫眉深淺入時無。向使無獻水部一題，則儇儇數言但閨閣語耳。有能解其以生平就正賢達之意乎？又竇梁賓以才藻見賞於進士盧東表，適東表及第，梁賓喜而為詩曰：』曉妝初罷眼初瞤，小玉驚人踏破裙。手把紅箋書一紙，上頭名字有郎君。若掩其題則靡麗輕薄，與婦喜夫第何異。蓋風人寓言其不可猝辨如此。請即以此質朱氏，凡以意逆志，須灼知其詩出於何世，傳於何時，與所作者何如人，方可施吾逆之之法。止就詩字詩句彷彿想像，便鑿然定為何詩。其為冤抑者不即多乎？

關於「託詞比事」，趙沛霖認為：「有些學者不滿於《序》、《傳》和朱熹對於情詩的解釋，特意從詩歌藝術形象的構成特點上對情詩作了新的解釋。他們認為「三百篇」情詩不過是依詩取興，引類譬喻，取其比附象徵意義。持這種觀點的主要有毛奇齡、魏源和皮錫瑞等……根據這種觀點解詩，將質樸明快的民間情歌歪曲得面目全非，顯然十分荒謬。」〔註65〕但是毛奇齡等人為什麼會這樣解詩呢？據趙

〔註65〕趙沛霖編著，詩經研究反思〔M〕，天津：天津教育出版社，1989：195。

先生說就是因為「毛奇齡、魏源等人不瞭解民歌的性質和特點，將它們與記諸香草美人的《離騷》等詩混在一起，而導致探索的失敗。」〔註66〕這種說法當然值得商榷，毛奇齡本是文人，大多數文體都有創作的實際經驗，也寫過民歌之類的詩體，他會不瞭解民歌的性質和特點？另外毛奇齡的本義並不是歪曲情歌，他只是對朱子的「淫詩」說進行辯證，其「託詞比事」之說並不是簡單否定所有的情歌，他是從文學的角度說明朱子所提出的「淫詩」說錯誤的根源所在。我們來看毛奇齡是怎樣講「託詞比事」的：往以此二語質之張子南士，南士作色曰：「此非君子之言，毒嫭之言也。孟子曰：『無羞惡之心，非人也』。人各有恥，自三古至於今，自南極至於北極，必無女求男與淫婦自道其所淫之事，豈獨此一方人比戶閨閣皆以獻門娼自居者？凡鄭詩之所謂「叔兮伯兮」、「君子子都」皆友朋相憶，託詞比事，《離騷》所謂蹇修、姚佚，古詩所謂美人君子，皆託比之詞。而宋人以「淫」志逆之，遂誣為淫婦贈淫夫而不之察也。〔註67〕楊洪才根據根據朱子所說：朱子認為鄭詩和衛詩是有區別的，衛詩三十九篇中才有四分之一是「淫奔之詩」，而鄭詩二十一篇中不低於七分之五是「淫奔之詩」。而且還有一個重要的區別，衛詩為「男悅女」，而且「多刺譏懲創之意」，鄭詩則是「女惑男」，並無「羞愧悔悟之萌」。所以，從「淫奔」深淺程度上講，鄭詩是超過衛詩的。〔註68〕這是朱子基本觀點，楊氏基於此

〔註66〕趙沛霖編著，詩經研究反思〔M〕，天津：天津教育出版社，1989：196。
〔註67〕（清）毛奇齡，白鷺洲主客說詩〔M〕//毛西河先生全集，清嘉慶陸凝瑞堂刊本。
〔註68〕（南宋）朱熹，詩集傳〔M〕，北京：中華書局 2011：72，案：這裡有一個問題需要辨析：就是「淫聲」和「淫詩」的區別問題，毛奇齡在《白鷺洲主客說詩》中認為朱熹的「淫詩」說並沒有區分開兩者，實際上我們在《詩集傳》中也看到朱熹對兩者的區別雖沒有這個嚴格說明，但朱氏云：「鄭衛之樂皆為淫聲，然以詩考之，衛詩三十有九，而淫奔之詩才四之一。鄭詩二十有一，而淫奔之詩已不翅七之五」。從這裡我們可以看出朱氏對於兩者區別還是有自己的認識的，另外朱子在《詩集傳》的《衛風》的最後引用張載的話：」衛國地濱大河，其地土薄，故其人氣輕浮；其地平下，故其人質柔弱；其地肥饒，不費耕

對毛奇齡發出問難：讀《詩經》所謂「淫奔之詩」而「淫」生，是因為這些都是「淫婦」自道其淫。

　　另外朱子說過鄭詩的「淫」的程度是超過衛詩的，這是因為衛詩男求女，鄭詩女求男，朱子所說難道沒有見地嗎？毛奇齡則引用好友張彬之看法予以反駁，張氏否認鄭詩存在「女求男」與「淫婦自道其淫」之事，並引孟子《公孫丑上》：無羞惡之心，非人也。以此說明這並不可能是「淫婦自道其淫」，只有一種可能就是「託比之詞」。「伯兮叔兮」出自《詩經》之《蘀兮》篇，朱子認為是「淫女之詞」，而所謂「君子子都」，應該是指《山有扶蘇》中「不見子都，乃見狂且」之句。朱子評價說：「淫女戲其所私者曰：山則有扶蘇矣，隰則有荷華矣。今乃不見子都，而見此狂人，何哉？」〔註69〕，而張彬認為這些都是「友朋相憶，託詞比事」，這裡我們有必要引《小序》和《毛傳》的關於這兩首詩的說法，對於《山有扶蘇》，《小序》云：「《山有扶蘇》，刺忽也，所美非美然」，《毛傳》云：「言忽所美之人，實非美人。」〔註70〕對於《蘀兮》，《小序》云：「《蘀兮》，刺忽也。君弱臣強，不倡而和也」，《毛

糈，故其人心急惰。其人情性如此，則其聲音亦淫靡。故聞其樂，使人懈慢而有邪僻之心也。鄭詩放此。」（朱熹《詩集傳》，中華書局2011年版，頁53）朱熹在這裡引用張載之說，想必也是同意他的意見。而張載在這裡是強調地域與衛聲的關係，最後他說衛「聲音淫靡」，所以衛詩也會有此特點。毛奇齡則認為所謂「鄭聲」和「鄭詩」是兩個完全不同的概念，孔夫子說的是「放鄭聲，遠佞人。鄭聲淫，佞人殆」，但孔子沒有說「放鄭詩」，所以，不存在所謂的「淫詩」之說。當然這裡也涉及到另外一個問題就是朱熹為什麼要說淫詩的問題，黃忠慎先生說：他將這些「男女相與詠歌」的情詩，納入其嚴密的理學思想體系中，一概以「淫詩」代稱之，以為這些作品屬於《詩經》中反面教材的代表，作者都是淫邪之人，但讀者以無邪之思讀之，自能從中收到「警懼懲創」之效。（黃忠慎《朱熹「淫詩說」衡論》，臺灣《靜宜中文學報》第六期，2014年12月，頁11）黃忠慎先生的論述頗為中地，而毛奇齡站在清初經學漢宋之爭背景下，對朱子多有批評，朱子「淫詩」說尤成為毛氏的攻擊對象。

〔註69〕（南宋）朱熹，詩集傳〔M〕，北京：中華書局2011：67。
〔註70〕蔣鵬翔主編，阮刻毛詩注疏〔M〕，杭州：西泠印社出版社，2013：677。

傳》云：「不倡而和，君臣各失其禮，不相倡和」。〔註71〕這些說法有些牽強附會，而張彬沒有附和這種說法，反而說這兩首詩詩「友朋相憶，託詞比事」，當然對這兩首的傳統說法進行了一些修正。平心而論，朱熹所云「淫詩」，實際上看到了它們屬於男女打情罵俏的情詩之類，只不過理學思維主導下的朱熹給他們扣上了「淫」的帽子。但是毛奇齡、張彬不願承認《詩經》裏面存在「淫」詩，雖然他們看到這兩首用了「比」的手法，但卻從另外的角度認為是「友朋相憶」。

毛奇齡沿著「託詞比事」這種手法，開始了他對朱熹「淫詩」說的檢討：一方面我們不能根據《詩經》裏面有無男女字樣作為判斷「淫奔之詩」的依據，楊洪才之徒問：然則彼狡童兮亦友朋相憶之詞耶？何以言之？毛奇齡云：此在東林講會中有成說矣。當時高忠憲講學東林，有客問木瓜之詩，並無男女字而謂之淫詩，何也？忠憲未能答，蕭山來風季曰：即有男女字，亦非淫奔。忠憲曰：何以言之？風季曰：張衡《四愁詩》云：美人贈我金錯刀，何以報之？英瓊瑤。張衡淫奔耶？傍一人不平，遽曰：然則彼狡童兮，非淫奔乎？曰：亦非淫奔，忠憲曰：何以言之？曰：箕子《麥秀歌》云：彼狡童兮，不與我好兮。其所稱狡童者，受辛也，君也。君淫奔耶？忠憲起揖曰：如先生言。又曰：先生者，而可與言詩。」

錢鍾書在《管錐編》云：尤侗《艮齋雜說》卷一、毛奇齡《西河詩話》卷四均載高攀龍講學東林，有問《木瓜》詩並無「男、女」字，何以知為淫奔；來風季曰：「即有『男、女』字，亦何必為淫奔？」因舉張衡《四愁詩》有「美人贈我金錯刀」語，「張衡淫奔耶？」又舉箕子《麥秀歌》亦曰：「彼狡童兮，不與我好兮！」指紂而言，紂「君也，君淫奔耶？」攀龍歎服。尤、毛亦津津傳述，以為超凡之卓見，而不省其為出位之巵言也。〔註72〕錢先生認為尤侗、毛奇齡把來風季所謂求

〔註71〕蔣鵬翔主編，阮刻毛詩注疏〔M〕，杭州：西泠印社出版社，2013：681～682。

〔註72〕錢鍾書，管錐編·第一冊〔M〕，北京：三聯書店，2008：185～186。

詩意於詩外，不必把有無「男、女」字作為淫奔之詩的標誌，尤、毛奉此為超凡卓見，未免言過其實。錢先生云：「詩必取足於己，空諸依傍而詞意相宜，庶幾斐然成章；苟參之作者自陳，考之他人載筆，尚確有本事而寓微旨，則匹似名錦添花，寶器盛食，彌增佳致而滋美味。」〔註73〕錢先生主張解詩應該求諸於文本，不可憑空說詩。求得詩人之旨意，參以他人之言說，才得以探詩之「本事微旨」。錢先生還提到張衡的《四愁詩》之序為後人依託，並無真實性可言，並不是來風季所講的那樣。張衡《四愁詩序》云：「時天下漸弊，鬱鬱不得志，為《四愁詩》。屈原以美人為君子，以珍寶為仁義，以水深雪雰為小人。思以道術相報，貽於時君而懼讒邪不得以通。」〔註74〕來風季的說法是根據此序而來，說明《四愁詩》有男女字樣，卻並不是「淫詩」，而是託言比興，應為君臣相失之義。顯然錢鍾書對毛奇齡、來風季等人「申漢絀宋」表達不滿，「欲申漢絀宋，嚴禮教之防，闢『淫詩』之說，避塹而墜井，來、高、尤、毛輩有焉。」〔註75〕錢先生批評不無道理，但毛奇齡反對「淫詩」有著特殊的時代背景，脫離時代背景討論學者成敗得失也不客觀，有對古人求全責備之嫌。林慶彰說：「姚氏（按：姚氏為姚際恒）生長的清初，是朱學權威受到嚴厲挑戰的年代，當時和姚氏一起批朱另有毛奇齡，兩人聯袂對朱子作無情的攻擊，朱學的勢力也逐漸衰退。」〔註76〕沿著「託言比興」這條思路，毛奇齡又舉黎立武讀經的例子：宋黎立武作《經論》，中有云：少時讀箕子《禾黍歌》，愾然流涕。稍長讀鄭風《狡童》詩而淫心生焉。出而視鄰人之婦，皆若目挑心招。怪而自省，夫猶是「彼狡童兮，不與我好兮」二語，而一讀之而生忠心，一讀之而生淫心者。豈其詩有二乎解之者之故也？然則解詩當慎矣，從來君臣朋友間不相得，則託言以諷之，國風多此體。而逞臆解說，鍛成

〔註73〕錢鍾書，管錐編・第一冊〔M〕，北京：三聯書店，2008：185～186。
〔註74〕（梁）蕭統編，（唐）李善注，文選〔M〕，北京：中華書局1977：414。
〔註75〕錢鍾書，管錐編・第一冊〔M〕，北京：三聯書店2008：188。
〔註76〕林慶彰，姚際恒對朱子《詩集傳》的批評〔J〕，河北師院學報（社會科學版），1996，（第2期）。

淫失，恐古經無邪之旨必不若是，此宋末儒者之言。

　　戴維在《詩經研究史》中說：「毛奇齡非常讚賞黎立武的這段話，認為淫詩之所以產生，是讀者解者的原因，意思也就是指責朱熹本有淫心，進而深文周納，戴著有色鏡去看詩解詩，只是未直接出言斥責了。他這種觀點十分大膽，不過，他這種做法，對於俗儒膠固朱《傳》，有震聾發瞶的作用，給清代的經學復古起了促進作用。」〔註77〕戴先生的解讀當然沒錯，但是從大方向解讀，卻未仔細結合文本分析「託言以諷之」的具體所指。《麥秀歌》見於《尚書大傳》和《史記》，《尚書大傳》中「箕子」作「微子」，云：「微子朝周，過殷故墟，見麥秀之蕲蕲兮，禾黍之靁靁也。曰『此故父母之國，乃為麥秀之歌，曰『麥秀漸漸兮禾黍油油，彼狡童兮，不我好仇』。〔註78〕《史記》之《宋微子世家第八》云：「其後箕子朝周，過故殷墟，感宮室毀壞，生禾黍，箕子傷之，欲哭則不可，欲泣為其近婦人，乃作麥秀之詩以歌詠之。其詩曰：『麥秀漸漸兮，禾黍油油。彼狡童兮，不與我好兮』所謂狡童者，紂也。殷民聞之，皆為流涕。」〔註79〕《史記》與《尚書大傳》不同的是：「微子」變成了「箕子」，文本細節也更為詳細，還有一個不同的是《史記》認為「狡童」就是商紂。清代王闓運在《尚書大傳補注》把狡童認為是商紂的兒子武庚，所謂：「壯佼而如童子謂祿父武庚。」〔註80〕對於鄭風《狡童》，《小序》解讀為：「狡童，刺忽也，不能與賢人圖事，權臣擅命也」，《鄭箋》云：「權臣擅命，祭仲專也。」〔註81〕《麥秀歌》和《狡童》有相同點就是句式相似，都有「狡童」的字樣，不同的是《麥秀歌》被認為是箕子過殷墟而作，而《狡童》則是刺忽即刺鄭昭公。朱子又是怎樣理解這首詩的呢？對於《狡童》「彼狡童兮，不與我言兮。

〔註77〕　戴維著，詩經研究史〔M〕，長沙：湖南教育出版社，2001：505。

〔註78〕　尚書大傳・卷二〔M〕，四部叢刊景清刻左海文集本

〔註79〕　（西漢）司馬遷撰，史記〔M〕，北京：中華書局 1959：1620～1621

〔註80〕　（清）王闓運，尚書大傳補注卷五〔M〕，清光緒刻民國匯印王湘綺先生全集本。

〔註81〕　蔣鵬翔主編，阮刻毛詩注疏〔M〕，杭州：西泠印社出版社，2013：683。

維子之故，使我不能餐兮」這句話，朱子云：「賦也。此亦淫女見絕，而戲其人之詞。言悅己者眾，子雖見絕，未至於使我不能餐也。」〔註82〕朱子這裡完全按照字面意義解釋，再加上自己的臆斷，但「子雖見絕，未至於使我不能餐也」，殊難解。

　　針對《狡童》，朱子又云：「經書都被人說壞了，前後相仍不覺。且如《狡童》詩是《序》之妄。安得當時人民敢指其君是狡童！況忽之所為，可謂之愚，何狡之有？當是男女相怨之詩。」那麼《麥秀歌》、《狡童》到底詩旨是什麼？是否就像朱子所說的一樣？陳子展這樣說：「如果《麥秀歌》不是後人勦襲《狡童》一詩而假託箕子所作的話，那麼，箕子雖說是紂王的諸父或者庶兄，不妨倚老賣老，究竟他是臣，紂王是君，他怎麼好說紂王為狡童呢？如果箕子可以，那就鄭人也可以指斥昭公為狡童，可能還是還是模仿《麥秀歌》的了。從毛、鄭以來直到清代許多漢學家都以為《狡童》一詩是刺昭公的，怕就是因為已有箕子的先例。又從宋儒朱熹直到近代說《詩》，都以為狡童二字是淫女指斥她的情人，不，應該說女子指斥她的愛人。我以為在沒有人證明箕子《麥秀歌》是後人後人偽託之前，《詩序》說「《狡童》刺忽」這一說也還不可廢。」〔註83〕現在確實沒有確鑿的證據來說《麥秀歌》就是偽作，所以《狡童》的詩旨就成了問題。毛奇齡的認為朱子創淫詩之說，曲作迴護。朱子所改「淫詩」，皆是「君臣朋友纏綿悱惻、刺心動骨之語」〔註84〕而且朱子所說既為「妄說」，「」而又欲責讀者以無邪，是置身娼婦之室，親聞咬聲而使人正心，其為大無理、大罪過，莫甚於此。」〔註85〕而朱子《狡童》等詩的解說就是一個典型的例子，同樣

〔註82〕（清）朱熹，詩集傳〔M〕，北京：中華書局2011：68。

〔註83〕陳子展撰述，詩三百解題〔M〕，上海：復旦大學出版社2001：318～319。

〔註84〕（清）毛奇齡，四書改錯·卷十七〔M〕，清嘉慶十六年金孝柏學圃刻本。

〔註85〕（清）毛奇齡，四書改錯·卷十七〔M〕，清嘉慶十六年金孝柏學圃刻本。

的相似的兩首詩歌，一為淫詩，一則不然，就是朱子帶著有色的眼鏡加以區別的緣故。

結　語

　　清初文學在易代之變的背景之下，呈現出絢爛多姿而又廣博深邃
的特徵。作為清初文學組成部分的清初詩學，「對明代詩歌創作和詩學
的反思，對詩歌傳統的整合和重構」[註1]，成為清初詩學的「主流話
語」。而毛奇齡處於這個時代背景之下，其詩學免不了與「主流話語」
有關聯。

　　清初唐宋詩之爭即是詩學的「主流話語」之一。面對唐詩和宋詩
兩座高峰，清初的詩人們或由唐入宋，或由宋入唐，或唐宋兼採。毛奇
齡年少之時便受到宋、元詩的影響，但在陳子龍司禮司禮紹興之後，毛
奇齡的詩學主張發生了較大變化，編選於鼎革之際的《越郡詩選》，反
映了毛奇齡詩學主張的變化。從此，毛奇齡一方面力主「唐音」創作，
力矯宋元詩之枉，另一方面展開對宋詩的批評，毛奇齡對於宋詩的批
評於三端：詩學風格、主題內容、文學史地位問題。他揭示了清初宋詩
風的成因。毛奇齡的唐詩觀可以從其詩歌選本《越郡詩選》和《唐七律
選》中看出端倪，顯示其唐詩觀的發展變化。而這種變化與清初宋詩風
的流行有極大的關係。毛奇齡在唐宋詩之爭的心理動機有政治因素和
意氣相爭的因素，馮溥等人鼓吹休明和明代士子意氣相爭等因素對毛

〔註1〕蔣寅著，清代詩學史·第1卷〔M〕，北京：中國社會科學出版社，2012：
　　　76。

奇齡產生較為重要的影響。客觀上來講，毛奇齡對唐宋詩之爭的理論批評並不見得有多麼高妙，同時代的葉燮等人顯然在理論水平上更勝一籌，但是毛奇齡和清初詩學有著緊密的聯繫，其激烈的詩論能夠反映詩學爭論的焦點，其聚焦清初宗宋詩風問題上，有些回答也能觸碰到問題的實質。因而，我們不能否定毛奇齡在清初唐宋詩之爭理論貢獻以及在清初詩學史上的特定地位。

　　從另外一個層面上來講，詩學也應該包括詩歌創作實踐，詩歌創作傾向也能在一定程度上反映詩學傾向。羅宗強先生《中國文學思想通史》系列就是把文學批評、文學理論主張與文學創作的傾向結合起來。毛奇齡的詩歌風格，不主一家，而又能融會變通，隨體別裁，自成一格。毛奇齡堅持「唐音」創作的風格特徵，而又不是亦步亦趨，自有新意，形成一種「纏綿悱惻、幻渺情深」的風格。另一方面，毛奇齡由初、盛唐詩上溯之六朝詩，其詩有一種「沉博絕麗」的風格。毛奇齡「唐音」創作的風格，與在唐宋詩之爭的理論主張具有一致性。而六朝體詩歌創作明顯受到了陳子龍等人詩學傾向的影響。而毛奇齡詩歌主題內容取向上，有反映時代主題的詩作，有登臨感寄之作，有山水詩、友情詩、題畫詩、應酬詩、邊塞詩等幾類。在毛奇齡的筆下，時代悲歌採用了模糊影像的處理方法，一切都是在隱約之中。其流離與道路中所作的詩歌情真意切，對家鄉的懷念成為永恆的主題。山水之作猶如一幅幅繪製精美的山水畫，清新自然、形神兼備而絢麗多姿。友情詩深切感人，善於營造一種抒情氛圍。而題畫詩對於擅長書畫的毛奇齡來說，是「行家本色」、「正法眼藏」，具有濃厚的文人氣息。毛奇齡多應酬之作，尤其多壽詩。總的說來，毛奇齡詩歌反映易代之變的詩歌較少，登臨感寄之作較少，在同時代詩家之中，不是最優秀的，但其詩歌具有鮮明的特徵，所謂「各具一格，有獨到無習氣者」〔註2〕。

　　毛奇齡的詩學研究還有另外一層含義：詩學指的是詩經之學。這

〔註2〕（清）張之洞撰；范希曾補正，徐鵬導讀，書目答問補正〔M〕，上海：
　　　上海古籍出版社，2001：270。

裡的「詩」應該加上雙引號。毛奇齡是經學家，對於經學的闡釋自然有
經學的角度，毛奇齡在詩經學的研究當中運用了大量考證的方法，他
甚至有專門的著作《續詩傳鳥名卷》、《詩傳詩說駁義》等。另一方面，
毛奇齡是文學家，也會以文學的觀點來看待經學。在毛奇齡的詩經學
著作中，其文學性的闡釋也不少，主要集中在《國風省篇》、《毛詩寫官
記》、《詩札》等著作。毛奇齡對於「詩」意的推求主要集中在以下幾個
方面：探討詩經的意旨、分析個別字詞的用法、討論詩經篇章的結構，
探尋具體的文學表現手法，這些都是通過分析《詩經》文本加以實現，
最終的目的是推求《詩經》的「詩」意。從另外一個層面上講，毛奇齡
對朱子的「淫詩」說進行辯證分析，提出「託詞比事」之說，並不是簡
單否定所有的情歌，而是《詩經》作品具有寓言性質和虛構形態，這就
要求解經者要超越文本，注意詩經學作為文學的虛擬的性質。平心而
論，毛奇齡經學以攻擊朱學而著稱，其詩經學也有攻擊朱學之成分。但
是毛奇齡在文學闡釋的方式即吟詠詩歌等方面與朱子詩經學闡釋有相
通之處。毛奇齡的文學性闡釋詩經在清初的詩經學發展史應有自己的
一席之位，儘管他常常以己意來闡釋《詩經》，但往往會收穫新鮮的見
解，給人以新的啟發。

　　大而化之，毛奇齡與明末清初的女性詩人群體的關係，也是毛奇
齡詩學研究的題中之義。明末清初女性詩人群體崛起，與時代背景相
關，與此時的名士大力獎掖與挹揚有關。探討這一時期名士與女性詩
人群體的關係具有較為重要的意義，錢謙益、吳偉業、王士禎等都與女
性詩人有過交往。毛奇齡作為文學家與經學家，是當時的名士，毛奇齡
通過詩歌評點與唱和等方式與女性詩人群體進行溝通的。毛奇齡招收
女弟子徐昭華，其範式及影響則是探討明末清初名士與女性詩人群體
之間關係，不得不注意的另外一條線索。而在深層次的心態上，毛氏則
抱持著一種同情與理解的態度，這在與女詩人王端淑的詩歌交往體現
得最為明顯。毛奇齡與女性詩人群體的關係，在明末清初的詩壇，尤引
人矚目，而探討之間的關係，對於毛奇齡對女性群體詩歌創作的觀點

和態度，可以看做其詩學主張的有機組成部分。

　　另外，毛奇齡參加了康熙十八年（1679）年的博學鴻儒科考試，其文人心態值得探討。一方面，毛奇齡應招博學鴻儒科的前後的心態有所變化，結合毛奇齡的詩文分析前後的變化，對於瞭解當時士人心態的變化有著重要的作用；另一方面修史心態及學術心態也是文人心態的重要組成部分。對其心態變化的剖析，落腳點仍是其詩文的內容上。

　　尤其需要強調的是，毛奇齡在經學、史學、詩學、詩、文、詞、戲曲、繪畫、書法、音韻學等多個方面取得了令人矚目的成就。毛奇齡的生平部分還需要進一步考訂，雖然諸多研究對於毛奇齡的生平進行了梳理。對於毛奇齡生平的關鍵點，進行了一一梳理，獲得了一個更為全面的毛奇齡。毛奇齡的文學活動和重要的文學著作目前為止還沒有學者全面的論述。其文學活動是貫穿毛氏一生，雖然毛奇齡後期以經學考證為主要任務。但不可否認的是，他本人就是一個成就斐然的文學家，文章全面梳理了毛奇齡的文學活動。毛奇齡的文學著作眾多，本文選擇《毛西河先生文集》、《越郡詩選》、《瀨中集》、《唐七律選》、《唐人試帖》、《毛牷論釋〈西廂記〉》進行一一考釋，就其版本情況、內容價值作以考查。

　　以上就是對於毛奇齡詩學研究的基本認識，毛奇齡的經學名氣很大，經學成就掩蓋了他的文學成就。學人往往重視經學成就而忽略他的文學成就。對於毛奇齡的文學成就進行深度開掘，有助於對於清初詩學研究的深入，拓寬古代詩文研究的視野。

參考文獻

（按著者姓氏音序先後排列）

一、文獻、專著類

B

1. （清）博爾都，問亭詩集・白燕樓詩草〔M〕，清康熙三十五年刻本。

2. 北京大學《儒藏》編纂與研究中心，儒藏・精華編・271・西河文集〔M〕，北京：北京大學出版社，2018。

3. 北京大學《儒藏》編纂與研究中心，儒藏・精華編・272・西河文集〔M〕，北京：北京大學出版社，2018。

C

1. （三國魏）曹丕著，魏宏燦校注〔M〕，曹丕集校注，合肥：安徽大學出版社，2009。

2. （晉）崔豹撰，古今注〔M〕，四部叢刊三編景宋本。

3. （清）陳確著，陳確集，北京：中華書局，1979。

4. （清）陳葵纕修；（清）倪師孟撰，（乾隆）吳江縣志〔M〕，清乾隆修民國年間石印本。

5. （清）陳維崧撰；（清）冒褒注；（清）王士祿評；王英志校點，婦人集〔M〕//王英志主編，清代閨秀詩話叢刊 1，南京：鳳凰出

版社，2010。

6. 陳寅恪著，陳寅恪集‧柳如是別傳〔M〕，北京：生活‧讀書‧新知三聯書店，2015。

7. （清）陳文述，頤道堂文鈔〔M〕，清嘉慶十二年刻道光增修本。

8. （清）蔡仲光，謙齋文集〔M〕//《清代詩文集彙編》編纂委員會編，清代詩文集彙編‧43，上海：上海古籍出版社，2010。

9. 程俊英，詩經注析〔M〕，北京：中華書局，1991。

D

1. （唐）杜甫撰；（清）仇兆鰲注，杜詩詳注〔M〕，北京：中華書局，2015。

2. 鄧之誠，清詩紀事初編〔M〕，上海：上海古籍出版社，1984。

3. 鄧之誠著，桑園讀書記‧附：柳如是事輯〔M〕，瀋陽：遼寧教育出版社，1998。

F

1. （清）馮溥，佳山堂詩集，清代詩文集彙編‧29，上海：上海古籍出版社，2010：514。

2. （清）馮辰纂；（清）惲鶴生校；孫鍇重修，李恕谷先生年譜‧卷三〔M〕//陳山榜點校，李塨集‧下，北京：人民出版社，2014。

3. （清）方綮如，集虛齋學古文〔M〕//清代詩文集彙編‧228冊，上海：上海古籍出版社，2010。

G

1. （明）高棅，唐詩品匯〔M〕，上海：上海古籍出版社，1988。

2. 龔鵬程，六經皆文〔M〕，臺北：學生書局，2008。

3. （美）高彥頤（Dorothy Ko）著；李志生譯，閨塾師‧明末清初江南的才女文化〔M〕，南京：江蘇人民出版社，2005。

4. 鞏本棟著，唱和詩詞研究‧以唐宋為中心〔M〕，北京：中華書局，2013。

H

1. （清）黃宗羲著；陳乃乾編，黃梨洲文集，北京：中華書局，1959。

2. （清）黃運泰，（清）毛奇齡，越郡詩選〔M〕，上海圖書館藏清刻本。

3. （清）胡國佐纂修，（康熙）孝感縣志・卷十八〔M〕，清康熙三十四年刻嘉慶十六年增刻本。

4. （清）郝玉麟等修，福建通志〔M〕，清文淵閣四庫全書本。

5. 胡文楷編著，歷代婦女著作考〔M〕，上海：上海古籍出版社，1985。

6. 洪湛侯，詩經學史〔M〕，北京：中華書局，2002。

7. 何宗美著，明末清初文人結社研究〔M〕，上海：上海三聯書店，2016。

8. 黃聖修著，一切總歸儒林——《明史・儒林傳》與清初學術研究〔M〕，臺北：新文豐出版股份有限公司，2016。

9. 黃霖主編，文學評點論稿〔M〕，南京：鳳凰出版社，2017。

10. 華喆，禮是鄭學：漢唐間經典詮釋變遷史論稿〔M〕，北京：三聯書店，2018。

J

1. （清）計東甫，百尺梧桐閣集序〔M〕//（清）汪懋麟，百尺梧桐閣詩集，清代詩文集彙編・151，上海：上海古籍出版社，2010。

2. 蔣寅，王漁洋與康熙詩壇〔M〕，北京：中國社會科學院出版社，2001。

3. 蔣鵬翔主編，阮刻毛詩注疏〔M〕，杭州：西泠印社出版社，2013。

K

1. （唐）孔穎達，周易正義〔M〕//十三經注疏，臺北：藝文印書館，2007。

2. 孔昭明，臺灣文獻史料叢刊・第4輯・68・清先正事略選〔M〕，臺灣大通書局，1984。

L

1. （西晉）陸機，陸士衡文集〔M〕，清嘉慶宛委別藏本。

2. （南朝梁）劉勰，文心雕龍〔M〕，四部叢刊景明嘉靖刊本。

3. （南朝梁）劉勰著；陸侃如，牟世金譯注，文心雕龍譯注〔M〕，濟南：齊魯書社，1995。

4. （清）梁章鉅撰；陳鐵民點校，浪跡叢談・續談・三談〔M〕，北京：中華書局，1981。

5. （清）李亨特修；（清）平恕纂，（乾隆）紹興府志〔M〕，清乾隆五十七年刊本。

6. （清）陸以湉，冷廬雜識〔M〕，北京：中華書局，1984。

7. （清）陸以湉撰；崔凡芝點校，冷廬雜識〔M〕，北京：中華書局，1984。

8. （清）劉儼修；（清）張遠纂，（康熙）蕭山縣志〔M〕，清康熙十一年刊本。

9. （清）劉廷璣撰；張守謙點校，在園雜誌〔M〕，北京：中華書局，2005。

10. 梁啟超，中國近三百年學術史〔M〕，上海：上海三聯書店，2006。

11. 劉起釪著，尚書學史〔M〕，北京：中華書局，2017。

12. 劉世南，清詩流派史〔M〕，北京：人民文學出版社，2004。

13. 劉毓慶，從經學到文學——明代〈詩經〉學史論〔M〕，北京：商務印書館出版社，2001。

14. 林慶彰著，清代經學研究論集〔M〕，中央研究院中國文哲研究所，2002。

15. 梁梅，清代試律詩學研究〔M〕，北京：中國社會科學出版社，2019。

M

1. （清）毛奇齡，毛西河先生全集〔M〕，清嘉慶陸凝瑞堂刊本。

2. （清）毛奇齡，西河集〔M〕，文淵閣四庫全書本。

3. （清）毛奇齡，西河合集〔M〕，萬有文庫本。

4. （清）毛奇齡編著，毛奇齡易著四種〔M〕，北京：中華書局，2010。

5. （清）毛奇齡，毛西河評選唐人試帖序〔M〕，上海圖書館藏清嘉慶六年聽彝堂刻本。

6. （清）毛奇齡，西河詞話〔M〕，清昭代叢書本。

7. （清）毛奇齡，制科雜錄〔M〕，清昭代叢書本。

8. （清）毛奇齡，西河詩話〔M〕//張寅彭主編；吳忱、楊焄點校，清詩話三編，上海：上海古籍出版社，2014。

9. （清）毛奇齡，康熙甲子史館新刊古今通韻〔M〕，哈佛大學漢和圖書館藏清康熙二十三年史館新刊本。

10. （清）毛奇齡纂；龐曉敏主編，毛奇齡全集·第1冊〔M〕，北京：學苑出版社，2015。

11. （清）毛奇齡著；胡春麗審校，四書改錯〔M〕，上海：華東師範大學出版社，2015。

12. （清）毛黼亭修纂，蕭山毛氏宗譜，上海圖書館藏清蕭山爵德堂木活字本。

13. 孟森著，明清史論著集刊〔M〕，北京：中華書局，1959。

14. （清）馬金伯，國朝畫識〔M〕//周駿富輯，清代傳記叢刊71，明文書局，1985。

15. （清）李玉棻撰，甌缽羅室書畫過目考〔M〕//周駿富輯，清代傳記叢刊74，明文書局，1985。

16. （美）M.H.艾布拉姆斯、傑弗里·高爾特·哈珀姆著；吳松江、路雁等編譯，文學術語詞典（第10版）（中英對照）〔M〕，北京：北京大學出版社，2014。

17. （美）曼素恩（Susan Mann）著；定宜莊、顏宜葳譯，綴珍錄·十八世紀及其前後的中國婦女〔M〕，南京：江蘇人民出版社，2005。

P

1. （日）平田昌司著，文化制度和漢語史〔M〕，北京：北京大學出版社，2016：219。

Q

1. 全唐詩〔M〕，北京：中華書局，1999。

2. （清）全祖望撰；朱鑄禹匯校集注，全祖望集匯校集注，上海：上海古籍出版社，2018。

3. （清）錢謙益著；（清）錢曾箋注；錢仲聯標校，牧齋有學集·中〔M〕，上海：上海古籍出版社，1996。

4. （明）祁承㸁撰；鄭誠整理；吳格審定，澹生堂讀書記·澹生堂藏書目〔M〕，上海：上海古籍出版社，2015。

5. （清）錢謙益著；（清）錢曾箋注，錢仲聯標校，牧齋初學集〔M〕，上海：上海古籍出版社，2009。

6. （清）錢泳，履園叢話·卷二十一〔M〕，清道光十八年述德堂刻本。

7. 清實錄·聖祖實錄〔M〕，北京：中華書局，1985。

8. （清）秦瀛輯，己未詞科錄〔M〕//周駿富輯，清代傳記叢刊 14，明文書局，1985。

9. 《清代詩文集彙編》編纂委員會編，清代詩文集彙編·124 憺園文集〔M〕，上海：上海古籍出版社，2010。

10. 錢穆，中國近三百年學術史〔M〕，北京：商務印書館，1997。

11. 錢仲聯主編，清詩紀事〔M〕，南京：江蘇古籍出版社，1989。

12. 喬秀岩，義疏學衰亡史論〔M〕，北京：三聯書店，2017。

13. 錢鍾書，管錐編〔M〕，北京：三聯書店，2008。

14. 錢鍾書著，談藝錄〔M〕，北京：生活·讀書·新知三聯書店，2001。

R

1. （清）阮元，定香亭筆談〔M〕//叢書集成新編·79，臺灣新文豐

出版公司,1985。

2. (清)阮元撰;楊秉初輯,夏勇整理〔M〕,兩浙輶軒錄 3,杭州:浙江古籍出版社,2012。

3. (清)阮元,十三經注疏〔M〕,北京:中華書局,2009。

S

1. (清)沈德潛編,清詩別裁集〔M〕,北京:中華書局,1975。

2. (清)舒位,瓶水齋詩話〔M〕//張寅彭主編;吳忱、楊焄點校,清詩話三編 4,上海:上海古籍出版社,2014。

3. (清)邵大業修;(清)孫廣生纂,(乾隆)禹州志・卷五・佚官志〔M〕,清乾隆十三年刻本。

4. (清)施念曾,施愚山先生年譜〔M〕,北京圖書館,北京圖書館藏珍本年譜叢刊・第 74 冊,北京:北京圖書館出版社,1998。

5. (清)邵廷采撰,祝鴻傑校點,思復堂文集〔M〕,杭州:浙江古籍出版社,1987。

6. (清)施閏章撰,施愚山集〔M〕,合肥:黃山書社,2014。

7. 聖祖仁皇帝實錄〔M〕//清實錄,北京:中華書局,1985。

8. (清)宋犖,漫堂說詩〔M〕//王夫之,清詩話,北京:中華書局,1963。

9. (清)商景蘭著;李雷點校,商景蘭集〔M〕//李雷主編,清代閨閣詩萃編 1,北京:中華書局,2015。

10. (清)沈寶善撰;虞蓉校點;王英志校訂,名媛詩話〔M〕//王英志主編,清代閨秀詩話叢刊・1,南京:鳳凰出版社,2010。

11. 沈善洪主編,黃宗羲全集・第 10 冊・南雷詩文集上〔M〕,杭州:浙江古籍出版社,1992。

T

1. (清)陶元藻輯;蔣寅點校,全浙詩話・外一種・第 4 冊〔M〕,杭州:浙江古籍出版社,2017。

2. 湯一介著，文史新瀾紀念論文集〔M〕，杭州：浙江古籍出版社，
   2003。

3. 唐圭璋編，詞話叢編〔M〕，北京：中華書局，2005。

4. 譚新紅著，清詞話考述〔M〕，武漢：武漢大學出版社，2009。

5. 天一閣博物館編，天一閣博物館藏古籍善本書目（全二冊）〔M〕，
   北京：國家圖書館出版社，2016。

W

1. （唐）王維著；（清）趙殿成注，王維詩集〔M〕，上海：上海古
   籍出版社，2017。

2. （清）汪霦；（清）陸棻；（清）袁祐；（清）龐塏評選，重訂西
   河文選〔M〕，上海圖書館藏清乾隆 49 年（1783）萬卷樓刻本。

3. （清）王自超，柳潭遺集〔M〕，中國國家圖書館藏清刻本。

4. （清）王晫撰，今世說〔M〕，商務印書館，1935。

5. （清）吳喬，與萬季野書〔M〕//張寅彭、楊焄，清詩話全編・順
   治康熙雍正期・康熙朝三，上海：上海古籍出版社，2018。

6. （清）王士禛，漁洋詩話〔M〕//王夫之等撰，清詩話，上海：上
   海古籍出版社，1978。

7. （清）吳偉業，梅村詩話〔M〕//（清）王夫之等撰，清詩話・上，
   上海：上海古籍出版社，1963。

8. （清）王端淑著；鄒遠志點校，映然子吟紅集〔M〕//李雷主編，
   清代閨閣詩萃編 1，北京：中華書局，2015。

9. 吳宏一、葉慶炳編輯；國立編譯館主編，清代文學批評資料彙編
   〔M〕，臺灣：成文出版社，1978。

10. 聞一多撰，唐詩雜論〔M〕，上海：上海古籍出版社，2011。

11. 王鍾翰點校，清史列傳〔M〕，北京：中華書局，1987。

12. 王俊義、黃愛平著，清代學術文化史論〔M〕，北京：文津出版社，
    1999。

13. 魏中林，錢仲聯講論清詩〔M〕，蘇州：蘇州大學出版社，2004。

14. 王運熙、顧易生主編，中國文學批評通史 5·明代卷〔M〕，上海：上海古籍出版社，2011。

15. 王運熙、顧易生主編，中國文學批評通史 2·魏晉南北朝卷〔M〕，上海：上海古籍出版社，2011。

16. 武漢大學中國傳統文化研究中心編，科舉文獻整理與研究·第八屆科舉制與科舉學國際學術研討會論文集〔M〕，武漢：武漢大學出版社，2013。

N

1. （日）內藤湖南著；馬彪譯，中國史學史〔M〕，上海：上海古籍出版社，2017。

2. 南京大學中國語言文學系《全清詞》編纂研究室編，全清詞·順康卷〔M〕，北京：中華書局，2002。

X

1. （唐）徐堅等著，初學記〔M〕，北京：中華書局，1962。

2. （清）徐世昌，晚晴簃詩匯〔M〕，北京：中華書局，1999。

3. （清）許應鑅修；（清）謝煌纂，（光緒）撫州府志·卷三十八〔M〕，清光緒二年刊本。

4. （清）徐鼐撰，小腆紀年附考〔M〕，北京：中華書局，1957。

5. （清）徐昭華著；杜珣輯校，徐昭華集〔M〕//李雷主編，清代閨閣詩萃編 2，北京：中華書局，2015。

6. （清）徐鼐，小腆紀傳〔M〕，北京：中華書局，1958。

7. （清）徐釚，本事詩〔M〕，清光緒十四年徐氏刻本。

Y

1. （南宋）嚴羽著；郭少虞校釋，滄浪詩話校釋〔M〕，北京：人民文學出版社，1983。

2. （明）楊慎撰，丹鉛總錄〔M〕，明嘉靖三十三年梁佐校刊本。

3. （明）袁宏道，袁中郎全集，明崇禎刊本。

4. （清）楊際昌，國朝詩話〔M〕//郭紹虞，清詩話續編，上海：上海古籍出版社，1983。

5. （清）葉燮，原詩〔M〕//王夫之等撰，清詩話，上海：上海古籍出版社，1978。

6. （清）永鎔等，四庫全書總目〔M〕，北京：中華書局，1965。

7. （清）袁枚撰；王英志編纂校點，袁枚閨秀詩話〔M〕//王英志主編，清代閨秀詩話叢刊·1，南京：鳳凰出版社，2010。

8. （清）袁枚，音注小倉山房尺牘·卷五〔M〕，天津圖書館藏清光緒十二年（1886）掃葉山房硃墨刻本。

9. （清）袁枚撰；顧學頡校點，隨園詩話·上〔M〕，北京：人民文學出版社，1982。

10. （清）閻若璩，潛邱劄記·卷六〔M〕//《清代詩文集彙編》編纂委員會編，清代詩文集彙編·141，上海：上海古籍出版社，2010。

11. 俞陛雲，清代閨秀詩話〔J〕，同聲月刊：1941，1（12）。

12. 嚴迪昌著，清詩史〔M〕，杭州：浙江古籍出版社，2002。

13. 嚴志雄著，秋柳的世界·王士禛與清初詩壇側議〔M〕，香港：香港大學出版社，2013。

14. 姚念慈著，康熙盛世與帝王心術〔M〕，北京：生活·讀書·新知三聯書店，2018。

Z

1. （宋）祝穆輯；（元）富大用輯，新編古今事文類聚〔M〕，中國國家圖書館藏明內府刻本。

2. （清）張維屏，國朝詩人徵略〔M〕，清道光十年刻本。

3. （清）張兆棟修；（清）何紹基纂，（同治）重修山陽縣志〔M〕，清同治十二年刻本。

4. （清）趙吉士纂修；（清）盧宜匯輯，續表忠記，哈佛大學哈佛燕

京圖書館藏清寄園趙氏藏版。

5. （清）朱彝尊，曝書亭集〔M〕，四部叢刊景清康熙本。

6. （清）趙執信，談龍錄〔M〕//（清）王夫之等撰；丁福保輯錄，清詩話〔M〕，北京：中華書局，1963。

7. （清）章學誠，丙辰劄記〔M〕，清光緒二十九年貴池劉氏刻聚學軒叢書本。

8. （清）張穆撰；鄧瑞點校，閻若璩年譜〔M〕，北京：中華書局，1994。

9. （清）張其淦撰；（清）祁正注，明代千遺民詩詠〔M〕//周駿富主編，清代傳記叢刊·46，臺北：明文書局，1985。

10. 章太炎著；朱維錚校點，訄書·重訂本〔M〕//《章太炎全集》（第一輯），上海：上海人民出版社，2014。

11. 支偉成著，清代樸學大師列傳〔M〕，長沙：嶽麓書社，1986。

12. 周作人著，知堂書話〔M〕，北京：中國人民大學出版社，2009。

13. 趙沛霖編著，詩經研究反思〔M〕，天津：天津教育出版社，1989。

14. 浙江省地方志編纂委員會編，浙江通志〔M〕，北京：中華書局，2001。

15. 中國古籍總目編纂委員會編，中國古籍總目〔M〕，北京：中華書局；上海：上海古籍出版社，2012。

16. 周越然著；周炳輝輯，周退密校，言言齋古籍叢談〔M〕，瀋陽：遼寧教育出版社，2001。

17. 張仲謀，清代文化與浙派詩〔M〕，北京：東方出版社，1997。

18. 鍾慧玲著，清代女詩人研究〔M〕，臺北：里仁書局，2000。

19. 張健，清代詩學研究〔M〕，北京：北京大學出版社，1999。

20. 張壽安著，十八世紀禮學考證的思想活力·禮教論爭與禮秩重省〔M〕，北京：北京大學出版社，2005。

21. 張宏生、錢南秀編，中國文學·傳統與現代的對話，上海：上海

古籍出版社，2007。

二、期刊、學位論文類

（一）期刊論文

C

1. 陳德述，試論毛奇齡的反宋學思想〔J〕，社會科學輯刊，1987（10）。

2. 陳德述，試論毛奇齡的經學思想〔J〕，社會科學研究，1987（08）。

3. 陳居淵，毛奇齡與乾嘉經學典範的重塑〔J〕，浙江學刊，2002，（第3期）。

H

1. 黃愛平，毛奇齡與明末清初的學術〔J〕，清史研究，1996（04）。

2. 胡春麗，毛奇齡交遊考〔J〕，理論界，2009（02）。

3. 胡春麗，三百年來毛奇齡研究述評〔J〕，玉溪師範學院學報，2014（01）。

J

1. 蔣寅，清初錢塘詩人和毛奇齡的詩學傾向〔J〕，湖南社會科學，2008（5）。

L

1. 林慶彰，姚際恒對朱子《詩集傳》的批評〔J〕，河北師院學報（社會科版），1996，（第2期）。

M

1. 莫礪鋒，從經學走向文學：朱熹「淫詩」說的實質〔J〕，文學評論，2001（02）。

W

1. 魏中林、賀國強，詩史思維與梅村體史詩〔J〕，文學遺產，2003（03）。

X

1. 薛立芳，毛奇齡「詩」學思想及其對清代「詩」學發展之影響〔J〕，湖北社會科學，2011（09）。

Y

1. 閻寶明，毛奇齡《古文尚書冤詞》探微，古籍整理研究學刊〔J〕，2005（11）。

Z

1. 鄭吉雄，全祖望論毛奇齡〔J〕，臺大中文學報，1995（7）。

2. 張小仲，毛奇齡與清初女性詩人〔J〕，文學教育（中），2013（01）。

（二）學位論文

C

1. 崔麗麗，毛奇齡易學研究〔D〕，山東大學 2010 屆博士論文。

2. 陳逢源，毛西河及其《春秋》學之研究〔D〕，臺灣國立政治大學 1979 年碩士論文。

D

1. 杜德明，毛西河及其昏禮、喪禮學研究〔D〕，臺灣國立高雄師範大學 1987 屆博士論文。

H

1. 胡春麗，毛奇齡與清初《四書學》〔D〕，復旦大學 2010 屆博士論文。

2. 洪楷萱，毛奇齡詩經學研究〔D〕，臺北市立教育大學 1997 屆碩士論文。

L

1. 賴玉芹，博學鴻儒與清初學術轉變〔D〕，華中師範大學 2004 屆博士論文。

2. 賴芳暉，毛奇齡《四書改錯》研究〔D〕，臺灣國立中央大學 1993 屆碩士論文。

3. 呂兆歡，毛奇齡《易》學研究〔D〕，臺北市立師範學院 1992 屆碩士論文。

X

1. 蕭雅俐，毛奇齡《仲氏易》研究〔D〕，臺灣淡江大學 1994 屆碩士論文。

Z

1. 周懷文，毛奇齡研究〔D〕，山東大學 2010 屆博士論文。

2. 張立敏，馮溥與康熙京師詩壇〔D〕，中國社會科學院研究生院 2009 屆博士論文。

3. 趙娜，清代順康雍時期唐宋詩之爭流變研究〔D〕，蘇州大學 2009 屆博士論文。

附錄 1：毛奇齡主要著作版本簡目

例言

　　本簡目的分類體系參考了《中國古籍總目》對毛奇齡著作的分類整理，且主體內容與《中國古籍總目》相同。本簡目也參考了另外了一些書目如《中國古籍善本書目》、《中國叢書綜錄》、《清人別集總目》、《清人詩文集總目提要》、《清人詩集敘錄》等，為避免繁瑣，不再一一列舉出處。

　　本簡目對於網絡上的數據庫也加以一定的利用，如中國國家圖書館的《中華古籍數據庫》、上海圖書館《中文古籍聯合目錄及循證平臺》、《高校古文獻資源庫讀者檢索系統》以及各大圖書館館網上檢索系統。

　　本簡目對於線下圖書館的資源也在一定程度上加以利用，如對《越郡詩選》、《唐人五言排律評注金針》的著錄等。

經

1. 《西河合集》經集五十種，二百六十卷，清康熙三十八年（1699）李塨等人刊刻。

2. 《西河合集》經集五十一種，二百三十六卷，清康熙五十九（1720）年西河門人蔣樞刊刻，哈佛燕京（清代詩文集彙編本、學苑出版社毛奇齡全集本應屬於這一版本系統）。

3. 《西河合集》清康熙刻,乾隆三十五年(1770)蕭山陸氏重修,國圖。

4. 《毛西河先生全集》經集五十一種,二百三十六卷,清嘉慶元年蕭山陸凝瑞堂刻本。

5. 《西河合集》(包括《孝經問》、《周禮問》、《大學問》、《明堂問》、《學校問》、《郊社禘祫問》、《經問》、《經問補》),象山先生手澤本(域外漢籍庫收錄)。

6. 《論語稽求篇》七卷,西河合集本(康熙刻、乾隆印、嘉慶印四庫全書本(乾隆寫),龍威秘書本(乾隆刻),皇清經解本(道光刻、咸豐補刻、鴻寶齋石印、點石齋石印),叢書集成初編本(中華書局 1991 年版)。

7. 《中庸說》五卷,西河合集本(康熙刻、乾隆印、嘉慶印),四庫全書存目叢書本(清華大學圖書館藏康熙刻西河合集本)。

8. 《大學問》一卷,西河合集本(康熙刻、乾隆印、嘉慶印),四庫全書存目叢書本(清華大學圖書館藏康熙刻西河合集本)。

9. 《大學證文》四卷,西河合集本(康熙刻、乾隆印、嘉慶印),龍威秘書本(乾隆刻),清世德堂重刻龍威秘書本(北大圖),清同治十一年(1872)徐琪傳抄遂菴老人校本,復旦圖。

10. 《大學知本圖說》一卷,西河合集本(康熙刻、乾隆印、嘉慶印),續修四庫全書本(清康熙李塽等刻西河合集本),四庫全書存目叢書本(清華大學圖書館藏康熙刻西河合集本)。

11. 《孝經問》一卷,西河合集本(康熙刻、乾隆印、嘉慶印),四庫全書本,皇清經解續編本(光緒刻、光緒石印),清道光刻今古文孝經匯刻十六種本。

12. 《春秋毛氏傳》三十六卷,西河合集本(康熙刻、乾隆印、嘉慶印),四庫全書本(乾隆寫),皇清經解本(道光刻、咸豐補刻、鴻寶齋石印、點石齋石印)。

13. 《春秋簡書刊誤》二卷，西河合集本（康熙刻、乾隆印、嘉慶印），四庫全書本（乾隆寫），皇清經解本（道光刻、咸豐補刻、鴻寶齋石印、點石齋石印）。

14. 《春秋屬辭比事記》四卷，西河合集本（康熙刻、乾隆印、嘉慶印），四庫全書本（乾隆寫），龍威秘書本（乾隆刻），皇清經解本（道光刻、咸豐補刻、鴻寶齋石印、點石齋石印），鶴壽堂叢書本（光緒刻），清同治三年（1864）京都琉璃廠刻本。

15. 《春秋條貫篇》十一卷，西河合集本（康熙刻、乾隆印、嘉慶印），續修四庫全書本（清康熙李塨等刻西河合集本），四庫全書存目叢書本（清華大學圖書館藏康熙刻西河合集本）。

16. 《聖門釋非錄》五卷，四庫全書存目叢書本（清華大學圖書館藏康熙刻西河合集本）。

17. 《聖諭樂本解說》二卷，西河合集本（康熙刻、乾隆印、嘉慶印），四庫全書本（乾隆寫）。

18. 《聖諭樂本解說》一卷，昭代叢書本（道光刻），叢書集成續編本（新文豐，據昭代叢書本）。

19. 《皇言定聲錄》八卷，西河合集本（康熙刻、乾隆印、嘉慶印），四庫全書本（乾隆寫）。

20. 《竟山樂錄》四卷，西河合集本（康熙刻、乾隆印、嘉慶印），四庫全書本（乾隆寫），《龍威秘書》本（乾隆刻），藝苑捃華本（同治刻），顏李叢書本（民國鉛印），日本文正六年（1823）抄本，北大圖，叢書集成初編本（商務印書館 1937 年版，據龍威秘書本印）。

21. 《三年服制考》一卷，昭代叢書本（康熙刻、道光刻），清光緒十七年湘西李氏鞠園刻讀禮叢鈔本，叢書集成續編本（新文豐，據昭代叢書本）。

22. 《家禮辨說》十六卷，清同治二年餘氏家刻本，叢書集成續編本

（新文豐，據明辨齋叢書本）。

23. 《辨定祭禮通俗譜五卷》五卷，四庫全書本（乾隆寫）。

24. 《學校問》一卷，西河合集本（康熙刻、乾隆印、嘉慶印），清乾隆間南匯吳氏聽彝堂刻藝海珠塵本，藝海珠塵本（嘉慶刻道光增刻），叢書集成初編本（商務印書館 1939 年版，據藝海珠塵本排印），四庫全書存目叢書本（清華大學圖書館藏康熙刻西河合集本）。

25. 《大小宗通繹》一卷，西河合集（康熙刻、乾隆印、嘉慶印），清乾隆間南匯吳氏聽彝堂刻藝海珠塵本（北大圖），藝海珠塵本（嘉慶刻道光增刻），叢書集成初編本（商務印書館 1939 年版），四庫全書存目叢書本（清華大學圖書館藏康熙刻西河合集本）。

26. 《廟制折衷》二卷，西河合集本（康熙刻、乾隆印、嘉慶印），四庫全書存目叢書本（清華大學圖書館藏康熙刻西河合集本）。

27. 《明堂問》一卷，西河合集本（康熙刻、乾隆印、嘉慶印），龍威秘書本，叢書集成初編本（商務印書館，據龍威秘書本排印），四庫全書存目叢書本（清華大學圖書館藏康熙刻西河合集本）。

28. 《郊社禘祫問》一卷，西河合集本（康熙刻、乾隆印、嘉慶印），四庫全書本（乾隆寫），藝海珠塵本（嘉慶刻道光增刻），皇清經解續編本（光緒刻、光緒石印），叢書集成初編本（中華書局 1985 年版）。

29. 《檀弓訂誤》一卷，賜硯堂叢書新編本（道光刻），學海類編本（道光木活字印、民國影印），昭代叢書本（道光刻），遜敏堂叢書本（道光咸豐木活字印），後知不足齋叢書本（光緒刻），叢書集成新編本（新文豐）。

30. 《喪禮吾說篇》十卷，西河合集本（康熙刻、乾隆印、嘉慶印），續修四庫全書本（清康熙李塨等刻西河合集本），四庫全書存目叢書本（清華大學圖書館藏康熙刻西河合集本）。

31. 《昏禮辨正》一卷，西河合集本（康熙刻、乾隆印、嘉慶印），藝海珠塵本（嘉慶刻道光增刻），叢書集成初編本（商務印書館 1939 年版），續修四庫全書本（清康熙李塨等刻西河合集本），四庫全書存目叢書本（清華大學圖書館藏康熙刻西河合集本）。

32. 《周禮問》二卷，西河合集本（康熙刻、乾隆印、嘉慶印），續修四庫全書本（清康熙李塨等刻西河合集本），四庫全書存目叢書本（首都圖書館藏康熙刻西河合集本）。

33. 《國風省篇》一卷，西河合集本（康熙刻、乾隆印、嘉慶印），西河合集本（乾隆陸體元修補重印），四庫全書存目叢書本（清華大學圖書館藏康熙刻西河合集本）。

34. 《毛詩寫官記》四卷，西河合集本（康熙刻、乾隆印、嘉慶印），四庫全書本（乾隆寫）。

35. 《詩札》二卷，西河合集本（康熙刻、乾隆印、嘉慶印），四庫全書本（乾隆寫）。

36. 《詩傳詩說駁義》五卷，西河合集本（康熙刻、乾隆印、嘉慶印），四庫全書本（乾隆寫）。

37. 《白鷺洲主客說詩》一卷，西河合集本（康熙刻、乾隆印、嘉慶印），龍威秘書本（乾隆刻），清世德堂重刻龍威秘書本（北大圖），皇清經解續編本（光緒刻、光緒石印），叢書集成初編本（商務印書館，據龍威秘書本排印），續修四庫全書本（清康熙李塨等刻西河合集本），四庫全書存目叢書本（首都圖書館藏康熙刻西河合集本）。

38. 《續詩傳鳥名》三卷，西河合集本（康熙刻、乾隆印、嘉慶印），四庫全書本（乾隆寫），龍威秘書本（乾隆刻），清世德堂重刻龍威秘書本（北大圖），皇清經解續編本（光緒刻、光緒石印），叢書集成初編本。

39. 《舜典補亡》一卷，西河合集本（康熙刻、乾隆印、嘉慶印），藝

海珠塵本（嘉慶刻道光增刻），叢書集成部編本（商務印書館 1937
年版，據《藝海珠塵》本排印），四庫全書存目叢書本（清華大學
圖書館藏康熙刻西河合集本）。

40. 《古文尚書冤詞》八卷，西河合集本（康熙刻、乾隆印、嘉慶印），
四庫全書本（乾隆寫），儒藏點校本（《儒藏·精華編》第 16 冊）。

41. 《古文尚書定論》四卷，西河合集本（康熙刻、乾隆印、嘉慶印）。

42. 《尚書廣聽錄》五卷，西河合集本（康熙刻、乾隆印、嘉慶印），
四庫全書本（乾隆寫）。

43. 《春秋占筮書》三卷，西河合集本（康熙刻、乾隆印、嘉慶印），
四庫全書本（乾隆寫），龍威秘書本（乾隆刻），皇清經解續編本
（光緒刻、光緒石印），叢書集成初編本（商務印書館 1936 年版，
據龍威秘書本排印），易學叢書續編本（廣文書局 1974 年版）。

44. 《易韻》四卷，西河合集本（康熙刻、乾隆印、嘉慶印），四庫全
書本（乾隆寫）。

45. 《河圖洛書原舛編》一卷，西河合集本（康熙刻、乾隆印、嘉慶
印），續修四庫全書本（清康熙李塨等刻西河合集本），四庫全書
存目叢書本（清華大學圖書館藏康熙刻西河合集本）。

46. 《推易本末》四卷，西河合集本（康熙刻、乾隆印、嘉慶印），四
庫全書本（乾隆寫），龍威秘書本（乾隆刻）。

47. 《易小帖》五卷，西河合集本（康熙刻、乾隆印、嘉慶印），四庫
全書本（乾隆寫）。

48. 《仲氏易》三十卷，西河合集本（康熙刻、乾隆印、嘉慶印），四
庫全書本（乾隆寫），皇清經解本（道光刻、咸豐補刻、鴻寶齋石
印、點石齋石印），易學叢書續編本（廣文書局 1974 年版），四
庫易學叢書本（上海古籍出版社 1990 年版）。

49. 《毛西河先生仲氏易》三十卷，清毛奇齡撰；清周芬佩參訂，清
乾隆三年致和堂刻本，上圖。

50. 《毛西河先生仲氏易》三十卷，清雍正四年（1726）張文炳刻本重慶圖。

51. 《西河說易》不分卷，抄本，上圖。

52. 《毛奇齡易著四種》（《推易本末》、《河圖洛書原舛編》、《太極圖說遺議》、《易小帖》），清毛奇齡撰；鄭萬耕點校，中華書局 2010年版。

53. 《毛西河四書朱注辯證》二卷，清潘道根手抄本，上圖。

54. 《四書索解》四卷，清毛奇齡撰，清王錫輯，西河合集本（康熙刻、乾隆印、嘉慶印），藝海珠塵本（嘉慶刻道光增刻），叢書集成初編本（商務印書館，據藝海珠塵本排印），四庫全書存目叢書本（清華大學圖書館藏康熙刻西河合集本）。

55. 《四書改錯》二十二卷，清乾隆十年書留草堂刻本（南京圖），清嘉慶十六年（1811 年）學圃刻本，6 冊，國圖，四書古注群義匯解本（據《中國叢書綜錄》：《四書古注群義匯解》有珍藝書局排印本、同文書局石印本、同文升記書局排印本），續修四庫全書本（所據版本為清嘉慶辛未學圃重刊本），《四書改錯》整理本，谷建校點（《儒藏·精華編》第 120 冊，北京大學出版社 2013 年版），胡春麗四書改錯點校本（華東師範大學出版社 2015 年版，以《續修四庫全書》影印嘉慶十六年金孝柏學圃重刊本為底本，以光緒十六年珍藝書局排印本《四書古注群議匯解》所收《四書改錯》為校本）。

56. 《四書改錯》二十二卷補遺一卷，抄本（新舊抄配）南京圖。

57. 《四書正事括略》七卷附錄一卷，清道光十九年蕭山沈豫刻西河合集本，稀見清代四部輯刊本（《稀見清代四部輯刊》第七輯，第 16 冊，臺北經學文化事業有限公司 2015 年，該版本是據道光十九年蕭山沈豫影印）。

58. 《四書正事括略》五卷，日本早稻田大學圖書館藏本（（民國）《蕭

山縣志稿》卷三十著錄《四書正事括略》為五卷）。

59. 《四書剩言》四卷補二卷，清毛奇齡撰；清章大來補輯，西河合
集本（康熙刻、乾隆印、嘉慶印），四庫全書本（乾隆寫），皇清
集解本（道光刻、咸豐補刻、鴻寶齋石印、點石齋石印），儒藏點
校本（《儒藏・精華編》第 120 冊）。

60. 《越語肯綮錄》，西河合集本（康熙刻、乾隆印、嘉慶印），四庫
全書存目叢書本（清華大學圖書館藏康熙刻西河合集本），續修
四庫全書本（清康熙李塨等刻西河合集本）。

61. 《韻學指要》一卷，韻學叢書本，稿本。

62. 《康熙甲子史館新刊古今通韻》十二卷首一卷，清康熙二十三年
史館刻學者堂印本，清康熙二十四年學聚堂刻本，清康熙五十三
年學者堂刻本，四庫全書本（乾隆寫）。

63. 《韻學要指》十一卷，西河合集本（康熙刻、乾隆印、嘉慶印）。

64. 《經問》十八卷補三卷，西河合集本（康熙刻、乾隆印、嘉慶印），
四庫全書本（乾隆寫）。

65. 《經問》十四卷補一卷，皇清經解本（道光刻、咸豐補刻、鴻寶
齋石印、點石齋石印），日本寬政十一年刻本，國圖（九卷）。

66. 《西河合集經問》九卷，日本寬政十二年（1800）蔓延堂刊本。

史

1. 《蕭山縣志刊誤》三卷，西河合集本，四庫全書存目叢書本（清
華大學圖書館藏康熙刻西河合集本）。

2. 《杭志三詰三誤辨》一卷，西河合集本，清光緒十八年（1892 年）
錢塘丁氏嘉惠堂刻武林掌故叢書本，國圖，叢書集成續編本（新
文豐），四庫全書存目叢書本（清華大學圖書館藏康熙刻西河合
集本）。

3. 《三江考》一卷，檀幾叢書本，小方壺齋輿地叢鈔本（清光緒十
七年至二十三年上海著易堂鉛印本），國圖，叢書集成續編本（新

文豐，據檀幾叢書本）。

4. 《蠻司合志》十五卷，西河合集本，紹興先正遺書本，叢書集成續編本（新文豐，據紹興先正遺書本），四庫全書存目叢書本（清華大學圖書館藏康熙刻西河合集本），續修四庫全書本（清康熙刻西河合集本），蠻司合志校注本（廣西人民出版社 2015 年版）。

5. 《蠻司合志》一卷，碎佩叢鈴本。

6. 《杭城治火議》一卷附錄一卷，西河合集本，武林掌故叢編本，叢書集成續編本（新文豐，據武林掌故叢編本）。

7. 《集課記》一卷，西河合集本。

8. 《蕭山三江閘議》一卷，稿本（浙江圖）（《浙江未刊稿叢編》第 25 冊收此稿本，國家圖書館出版社 2018 年版）。

9. 《湖湘水利志》三卷，西河合集本，蕭山叢書本，四庫全書存目叢書本（清華大學圖書館藏康熙刻西河合集本）。

10. 《制科雜錄》一卷，西河合集本，昭代叢書新編本，昭代叢書本（道光本），叢書集成續編本（新文豐，據昭代叢書本），四庫全書存目叢書本（清華大學圖書館藏康熙刻西河合集本）。

11. 《何御史孝子祠主復位錄》一卷，西河合集本，四庫全書存目叢書本（清華大學圖書館藏康熙刻西河合集本）。

12. 《北郊配位尊西向議》一卷，西河合集本，四庫全書本，藝海珠塵本，叢書集成部編本（商務印書館，據藝海珠塵本排印）。

13. 《辨定嘉靖大禮議》二卷，西河合集本，藝海珠塵本，叢書集成初編本（商務印書館，據藝海珠塵本排印），四庫全書存目叢書本（清華大學圖書館藏康熙刻西河合集本）。

14. 《辨定嘉靖大禮議》一卷，勝朝遺事本。

15. 《易齋馮公（溥）年譜》一卷，西河合集本。

16. 《誥授奉直大夫都察院湖廣道監察御史何公墓誌銘》一卷，《何母陳宜人壽序》一卷，稿本，浙江圖（《浙江未刊稿叢編》第 25 冊

收此稿本，國家圖書館出版社 2018 年版）。

17. 《越州西山以揆禪師塔誌銘》一卷，稿本，浙江圖（《浙江未刊稿叢編》第 25 冊收此稿本，國家圖書館出版社 2018 年版）。

18. 《王文成傳本》二卷，西河合集本，明辨齋叢書本（名《明新建伯王文成公傳本》），叢書集成續編本（新文豐，據明辨齋叢書本），四庫全書存目叢書本（清華大學圖書館藏康熙刻西河合集本），續修四庫全書本（清刻西河合集本）。

19. 《勝朝彤史拾遺記》六卷，西河合集本，藝海珠塵本，勝朝遺事本（《彤史拾遺記》），香豔叢書本，清舫齋抄本，首圖，說庫本，四庫全書存目叢書本（北京圖書館分館藏康熙刻西河合集本），叢書集成初編本（中華書局 1991 年版）。

20. 《唐書獵俎》十六卷，題清毛奇齡輯，清抄本（清顧尊校並跋），上圖。

21. 《後鑒錄》七卷，西河合集本，四庫全書存目叢書本（清華大學圖書館藏康熙刻西河合集本），續修四庫全書本（清康熙西河合集本）。

22. 《後鑒錄》一卷，勝朝遺事本。

23. 《武宗外紀》一卷，西河合集本，藝海珠塵本，勝朝遺事本，香豔叢書本，中國內亂外禍歷史叢書本（《明武宗外紀》），四庫全書存目叢書本（清華大學圖書館藏康熙刻西河合集本），叢書集成初編本（中華書局 1991 年版）。

子

1. 《嘐城陸生三弦譜記》一卷，清嘉慶八年刻本，國圖。

2. 《逸講箋》三卷，西河合集本（康熙刻、乾隆印、嘉慶印），四庫全書存目叢書本（清華大學圖書館藏康熙刻西河合集本）。

3. 《辨聖學非道學文》一卷，西河合集本（康熙刻、乾隆印、嘉靖印）。

4. 《折客辨學文》一卷，西河合集本（康熙刻、乾隆印、嘉慶印）。

5. 《太極圖說遺議》一卷，西河合集本（康熙刻、乾隆印、嘉慶印）。

6. 《曾子問講錄》四卷，西河合集本（康熙刻、乾隆印、嘉慶印），清渭南嚴氏刻本，續修四庫全書本（清康熙李塨等刻西河合集本），四庫全書存目叢書本（清華大學圖書館藏康熙刻西河合集本）。

7. 《後觀石錄》一卷，昭代叢書本，西河合集本（康熙刻、乾隆印、嘉慶印），叢書集成續編本（新文豐，據昭代叢書本），四庫全書存目叢書本（中央民族大學圖書館藏康熙昭代叢書本）。

8. 《答三辨文》一卷，西河合集本（康熙刻）。

9. 《西河雜箋》一卷，昭代叢書本（道光刻），清光緒二年刻本，叢書集成續編本（新文豐）。

集

1. 《西河合集》文集二百三十三卷，清康熙三十八年（1699）李塨等人刊刻。

2. 《西河合集》文集二百五十七卷，康熙五十九（1720）年西河門人蔣樞刊刻，哈佛燕京（《清代詩文集彙編》本、學苑出版社 2015年《毛奇齡全集》應屬於這一版本系統）。

3. 《西河合集》，清康熙刻，乾隆三十五年（1770）蕭山陸氏重修嘉慶（1796）印本，國圖。

4. 《毛西河先生全集》文集二百五十七卷，清嘉慶元年蕭山陸凝瑞堂刻本。

5. 《西河集》一百九十卷，四庫全書本（乾隆寫本）。

6. 《西河文集》萬有文庫本，（商務印書館 1937 年，共十四冊）。

7. 《西河文集》一百八十九卷，（北京大學《儒藏》編纂與研究中心主編《儒藏》精華版第二七一、二七二冊，北京大學出版社 2018

年版（以康熙五十九年版為底本，以影印文淵閣《四庫全書》本
為校本）。

8. 《西河全集》，北大藏本有清李文田朱批並注。

9. 《西河詩稿》，不分卷，稿本，中科院（《中國科學院文獻情報中
心藏古籍珍本叢書（鈔稿本部分）》（第二輯）第五十四冊收錄《西
河詩稿》，學苑出版社）。

10. 《毛翰林詩集》五十三卷，康熙刻、乾隆修補西河合集本。

11. 《西河前後集》1卷，康熙刻百名家詩抄本，國圖。

12. 《西河文抄》不分卷，清帶星草堂抄本，南圖，精抄本，復旦圖。

13. 《毛翰林集》六卷，康熙刻本，首都圖。

14. 《瀬中集》十四卷、《當樓集》二卷、《桂枝集》□□卷（存第 2
卷），清康熙文芸館刻本，8冊，國圖，上海圖書館藏清康熙刻本
（此本應為清康熙文芸館刻本）。

15. 《當樓詞》一卷，清康熙文芸館刻本，聶先、曾王孫《百名家詞
鈔》本，國圖藏清金閶綠蔭堂刻本）。

16. 《毛翰林詞》五卷，清朱格抄本，1冊，國圖。

17. 《填詞》六卷，西河合集本（康熙刻、乾隆印、嘉慶印）。

18. 《擬連廂詞》一卷，清康熙間刻本，國圖。

19. 《越郡詩選》四卷，寧波天一閣藏本。

20. 《越郡詩選》八卷，上海圖書館藏清刻本。

21. 《越郡詩選》稿本，浙江圖書館藏，未見。

22. 《西河詩話》八卷，西河合集本（康熙刻、乾隆印、嘉慶印），叢
書集成續編本（新文豐），張寅彭等點校本（《清詩話三編》與《清
詩話全編》都收錄《西河詩話》八卷，為點校本）。

23. 《西河詩話》一卷，昭代叢書本（據張寅彭《西河詩話提要》云：
「此書另流行有一卷本，係摘錄八卷本中康熙帝玄燁之事蹟而
成，僅二十四則，初由漲潮輯入《昭代叢書》，後各家翻刻，多據

此一卷本，八卷原本幾為所掩。」另有，《西河詩話》一卷，《西河詞話》合刻一卷，清宣統文瑞樓石印本），叢書集成續編本（新文豐，據昭代叢書本），四庫全書存目叢書本（首都圖書館藏康熙刻西河合集本）。

24. 《西河詞話》兩卷，西河合集本（康熙刻、乾隆印、嘉慶印），四庫全書本（乾隆寫），唐圭璋詞話叢編本，叢書集成續編本（新文豐）。

25. 《西河詩話》一卷，賜硯堂叢書新編本（道光刻），《昭代叢書》本（道光刻），清宣統三年上海文瑞樓石印本。

26. 《西河文選》十一卷，毛奇齡撰；汪霦等選評，清康熙三十五年（1696）刻本，國圖，清乾隆四十八年（1783）萬卷樓刻本，國圖，上圖。

27. 《毛甡論釋〈西廂記〉》五卷末一卷（唐）元稹撰；（元）王德信撰；（元）關漢卿撰；（清）毛甡論釋，清康熙學者堂刻本，鄭振鐸藏本，國圖。

28. 西河毛太史評點〈西廂記〉》五卷，（唐）元稹撰；（元）王德信撰；（元）關漢卿撰；（清）毛甡論釋，清康熙學者堂刻本，周越然藏本，國圖。

29. 《毛西河論定〈西廂記〉》五卷，民國石印本，南開圖。

30. 《〈天問〉補注》一卷，戰國屈原撰；清毛奇齡注，西河合集本（康熙刻、乾隆印、嘉慶印），四庫全書存目叢書本（首都圖書館藏康熙刻西河合集本），續修四庫全書本（清康熙刻西河合集本）。

31. 《唐人試帖》四卷，清康熙間學者堂刻本，國圖，浙圖，清書帶草堂刊本，蘇大圖，《毛西河評選〈唐人試帖〉》四卷，清嘉慶六年聽彝堂刻本，上圖。

32. 《唐人五言排律評注金針》八卷，附《詩法指要》一卷《杜少陵七言排律》一卷，（清）毛奇齡輯；（清）鄭雲峰評注，清乾隆戊

寅（1758）刻本，中山圖。

33. 《西河文鈔》不分卷，清抄本，1 冊，復旦圖。

附錄2：毛奇齡選定、鑒定、評點之著作

．

1. 《於園集》，（清）朱虛撰；毛奇齡等評，清初刻本，國圖。

2. 《御覽孤山志》，（清）王復禮輯；毛奇齡校訂，清康熙五十八年（1719）陸廷燦刻本，天津圖藏。

3. 《介和堂集》不分卷補遺二卷附錄一卷，（清）任辰旦撰；（清）來集之；（清）毛奇齡仝選，清抄本，天津圖。

4. 《楊忠愍公全集》四卷，（明）楊繼盛撰；（清）毛奇齡鑒定；（清）朱永輝，（清）章鈺參訂，清康熙三十三年（1694）朱永輝刻本，天津圖清光緒十八年（1892）刻本。

5. 《漫興篇》一卷（清）茹泰撰；（清）毛奇齡評，清康熙十五年（1676）刻本。

6. 《世經堂初集》三十卷《詩鈔》二十一卷《詞鈔》五卷《樂府鈔》四卷，（清）徐旭旦撰；（清）毛奇齡；（清）宋實穎選，清康熙四十八年至五十一年（1709～1712）徐旭丹名山藏刻本。

7. 《容齋千首詩》八卷，（清）李天馥撰；（清）毛奇齡等選，清康熙胡氏刻套印本，清光緒十二年（1886）合肥蒯氏排印本，清光緒鉛印本。

8. 《嘯竹堂集》十六卷（清）王錫撰；（清）毛奇齡選，清康熙刻本，
   8 冊，復旦圖。

9. 《楊忠愍公全集》四卷（明）楊繼盛著；（清）毛奇齡鑒定；（清）
   章鈺輯，清光緒十二年（1886）刻本。

後 記

　　此時窗外馬路上車流仍舊川流不息，我端坐在書桌前，在寫論文的最後部分，夜已深。

　　近幾年的艱難困苦，悄然離我而去。然而身上卻未有如釋重負的感覺，甚至還有再去找尋資料，以求更深入的討論問題的渴望。

　　記得博士復試的時候，我選擇《京師大學堂與晚清文學》這一題目作為自己博士生涯的研究計劃。老師們一致覺得選題較為合理恰當，是非常不錯的選題。等我博士入學之後，才發現這是一個巨大的坑，資料無從的找尋，身處嶺南生活與學習的我，無法常年累月地去北京等地找尋資料。經過一年左右的掙扎，最後斷捨離，選擇清初經學家、文學家毛奇齡作為自己的研究對象。中期開題時，我以毛奇齡的文學研究作為畢業論文題目。因為作為經學家毛奇齡的學術研究較為成熟，而作為文學家毛奇齡的學術研究成果相對較少。但問題隨之而來，假若不懂經學，就無法全面理解毛奇齡，也無法在經學與文學的關係上切入相關話題。於是我選擇了點讀十三經注疏中較為重點的典籍，《論語注疏》、《毛詩注疏》、《周易注疏》、《春秋左傳注疏》、《禮記注疏》等，我又掉入另外一個坑裏，無法自拔。等我懂了一點經學知識時，我發現經學與文學結合進行研究毛奇齡遇到一個障礙，即以文人視角解讀經典的文學性闡釋在毛奇齡身上難以完美呈現，詩經學的文學性闡釋只是一個局部問題。其實，毛奇齡更注重經典的學術考證，與文學關

係不大。等我回轉過來，我才開始在文學上著力，時間卻一點一滴地過去。翻開《中國古籍總目》，我發現毛奇齡的著作很多還沒有找到，我手中只有一部嘉慶刊本的《毛西河先生全集》，而毛奇齡《夏歌集》、《瀨中集》、《當樓集》、《西河文選》、《桂枝集》、《越郡詩選》諸舊刻著作，卻藏在了北京、上海、浙江等地。於是風塵僕僕地趕去找尋資料。當我在上海圖書館利用卡片索引找到了毛奇齡的《越郡詩選》八卷本時，內心的興奮激動無以言表，《中國古籍總目》和《中國叢書綜錄》並未有《越郡詩選》八卷本的條目，《中國古籍總目》只有記載《越郡詩選》四卷，寧波天一閣藏本。在上圖抄讀毛奇齡典籍月餘，又趕到寧波找到《越郡詩選》四卷本，兩相對照，得出了相關結論。

資料總算有所完備，於是開始寫作。過程非常艱辛，先從毛奇齡詩經學文學性闡釋寫起，然後就是毛奇齡與唐宋詩之爭，然後就是毛奇齡與明末清初女性詩人群體等等，一步步地寫起。但又遇到一個問題，毛奇齡的文學成就是多方面的，詩、詞、文、戲曲都有創作，詩學理論和詞學理論也頗有心得。毛奇齡的文學研究應該像莫礪鋒先生《朱熹文學研究》一樣，進行全景式的探討。寫完以上部分，我著手開始準備毛奇齡與《西廂記》的評點，毛奇齡的詞及詞學批評等。但是總感覺如此寫來，有點散架，像繩子一樣，無法擰在一起。於是捨棄相關部分，以詩學作為主線，企圖把毛奇齡的詩學研究作為主要內容，但預答辯是還是以《毛奇齡文學研究》作為題目。諸位預答辯老師提出了一些修改建議，其中有一條就是要把題目作適當的調整，於是就有了《毛奇齡詩學研究》這一最終題目。

寫到這裡，感覺自己絮絮叨叨，又要長篇大論了，就此打住吧。說說自己要感謝的人吧，首先感謝我的導師魏中林老師，魏老師是我的碩士導師，又是我的博士導師，我從 08 年一直跟隨老師學習清詩。先生講論清詩之時，如數家珍，娓娓道來，學生受益匪淺。先生對愚鈍的我總是諄諄教誨，授之以漁。生活上，先生總是非常關心我的生活情況，無微不至，有時這種感激無法用語言表達。我又是一個不善言辭的

人，有時只能把最深沉的情感放在心底的最深處。我最遺憾的是不能如先生一樣有宏闊的學術視野，只能選擇個別作家作專門研究。但願以後能有機會，繼續延展開拓研究課題，定不負先生的厚意。

同樣的感謝要獻給暨南園的諸位老師，程國賦老師、史小軍老師、王進駒老師、張海沙老師、徐國榮老師都曾給我教誨，讓我一生受益不盡。

同樣謝意獻給我的同門和朋友們，張瓊師姐、花宏豔師姐、翁容師姐、謝敏玉師姐、杜巧月師姐、鄭麗君師姐、周淑敏師姐、張沫師姐、謝斐師妹、唐何花師妹、賀國強師兄、寧夏江師兄、崔向榮師兄、高志忠師兄、王清溪師兄、陰迎新師兄、李科師弟、馬國華師弟、張發奮師弟、裴雪萊師弟等，時常與他們相聚，其樂融融，從他們那裡也學到了不少做學問、做事情的方式與方法。這裡尤其感謝賀國強師兄，他對於我論文寫作幫助極大，深深地致以謝意。

感謝我的家人，我的父母給了我生命，並給我創造學習深造的環境。有一年，我生了大病住院。父親晚上做夢，夢到我沒有取暖的被子。凌晨醒來，他對母親說，我就是爬也要爬到醫院去看孩子。我一直記得父親的這句話，每當我懈怠時，總是拿這句話作為警醒，回想起來總是淚如雨下。可憐天下父母心！我還要感謝我的岳父岳母，他們總是以最大的努力支持我寫完博士論文，尤其是我的岳父，這幾年在廣州幫我照看孩子，付出了艱辛的努力。感激之情，無以言表！我還要特別感謝我的妻子王秀娟，幾年來，她一直站在我身後，努力地支持我完成博士論文。她工作本來就很繁重，又要擔負起家庭的重擔。沒有她的理解，我很難完成論文的寫作。我只能以更大努力，獲取更大的成績，向他們表示感謝！

最後，把我的這篇論文獻給遠在天堂的哥哥，2015 年哥哥突然離世，是我心中最大的痛，我曾一度無法振作起來，但願哥哥在另外一個世界一切順利！

2020 年 6 月 15 日凌晨